Almuerzo de vampiros

Alfaguara es un sello editorial del Grupo Santillana

www. alfaguara.com

Argentina
Av. Leandro N. Alem, 720
C 1001 AAP Buenos Aires
Tel. (54 114) 119 50 00
Fax (54 114) 912 74 40

Bolivia
Avda. Arce, 2333
La Paz
Tel. (591 2) 44 11 22
Fax (591 2) 44 22 08

Chile
Dr. Aníbal Ariztía, 1444
Providencia
Santiago de Chile
Tel. (56 2) 384 30 00
Fax (56 2) 384 30 60

Colombia
Calle 80, 10-23
Bogotá
Tel. (57 1) 635 12 00
Fax (57 1) 236 93 82

Costa Rica
La Uruca
Del Edificio de Aviación Civil 200 m al Oeste
San José de Costa Rica
Tel. (506) 220 42 42 y 220 47 70
Fax (506) 220 13 20

Ecuador
Avda. Eloy Alfaro, 33-3470 y Avda. 6 de
Diciembre
Quito
Tel. (593 2) 244 66 56 y 244 21 54
Fax (593 2) 244 87 91

El Salvador
Siemens, 51
Zona Industrial Santa Elena
Antiguo Cuscatlan - La Libertad
Tel. (503) 2 505 89 y 2 289 89 20
Fax (503) 2 278 60 66

España
Torrelaguna, 60
28043 Madrid
Tel. (34 91) 744 90 60
Fax (34 91) 744 92 24

Estados Unidos
2105 N.W. 86th Avenue
Doral, F.L. 33122
Tel. (1 305) 591 95 22 y 591 22 32
Fax (1 305) 591 91 45

Guatemala
7ª Avda. 11-11
Zona 9
Guatemala C.A.
Tel. (502) 24 29 43 00
Fax (502) 24 29 43 43

Honduras
Colonia Tepeyac Contigua a Banco Cuscatlan
Boulevard Juan Pablo, frente al Templo
Adventista 7º Día, Casa 1626
Tegucigalpa
Tel. (504) 239 98 84

México
Avda. Universidad, 767
Colonia del Valle
03100 México D.F.
Tel. (52 5) 554 20 75 30
Fax (52 5) 556 01 10 67

Panamá
Avda. Juan Pablo II, nº15. Apartado Postal
863199, zona 7. Urbanización Industrial
La Locería - Ciudad de Panamá
Tel. (507) 260 09 45

Paraguay
Avda. Venezuela, 276,
entre Mariscal López y España
Asunción
Tel./fax (595 21) 213 294 y 214 983

Perú
Avda. Primavera 2160
Surco
Lima 33
Tel. (51 1) 313 4000
Fax. (51 1) 313 4001

Puerto Rico
Avda. Roosevelt, 1506
Guaynabo 00968
Puerto Rico
Tel. (1 787) 781 98 00
Fax (1 787) 782 61 49

República Dominicana
Juan Sánchez Ramírez, 9
Gazcue
Santo Domingo R.D.
Tel. (1809) 682 13 82 y 221 08 70
Fax (1809) 689 10 22

Uruguay
Constitución, 1889
11800 Montevideo
Tel. (598 2) 402 73 42 y 402 72 71
Fax (598 2) 401 51 86

Venezuela
Avda. Rómulo Gallegos
Edificio Zulia, 1º - Sector Monte Cristo
Boleita Norte
Caracas
Tel. (58 212) 235 30 33
Fax (58 212) 239 10 51

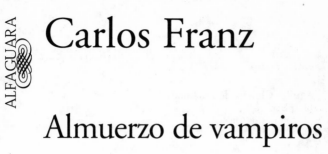

Carlos Franz

Almuerzo de vampiros

ALFAGUARA

© 2007, Carlos Franz
© De esta edición:
2007, Aguilar Chilena de Ediciones S.A.
Dr. Aníbal Ariztía, 1444
Providencia, Santiago de Chile
Tel. (56 2) 384 30 00
Fax (56 2) 384 30 60
www.alfaguara.com

ISBN: 978-956-239-522-9
Inscripción N° 164.808
Impreso en Chile - Printed in Chile
Primera edición: agosto 2007

Diseño:
Proyecto de Enric Satué

Portada:
Ricardo Alarcón Klaussen sobre *Vampire* (1895) de Edvard Munch.

«*Ah, joven amigo... Los días de guerra ya terminaron. La sangre es algo demasiado precioso en esta época de paz sin honor*».

Drácula, BRAM STOKER

Para Diego Maquieira, que no lee novelas.

1. La dichosa terraza del presente, uno

No nos habíamos visto en los últimos veinte años, o más. Vivo fuera de Chile y vengo a Santiago sólo para las vacaciones en el verano austral. Pero fuimos compañeros de colegio, compartimos esta ciudad —que ahora parece otra— y nos frecuentamos en los remotos años setenta del siglo pasado. Ahora nos acercamos a la cincuentena. Quizás por eso, cuando hace poco nos citamos para almorzar, hablamos mayormente del pasado, de lo que fue, de «nuestra época».

Sí, hay que reconocerlo: empleamos, sin advertirlo, esa expresión nostálgica, dulzona y adictiva que la gente llegada a la mediana edad empieza a usar para hablar de su primera juventud. «En mi tiempo...», dicen (como si ningún otro tiempo, salvo el de la juventud, pudiera pertenecerles). Y al decirlo pareciera que su tiempo ya hubiera pasado. Como si ya estuvieran, un poco, muertos.

Casi treinta años después de aquel tiempo que quizás fue el «nuestro», entonces, nos encontramos para almorzar en la terraza veraniega de Le Flaubert. Este restaurante de moda en «la ciudad más próspera de Latinoamérica». La que se ha erguido sobre las ruinas de aquel otro Santiago, el de la dictadura (pero la dura, dura; la tan dura que parecía que *duraría* para siempre). Una ciudad olvidada que se hundió junto con tantas cosas de esos años que merecían hundirse —y otras que no.

Mi amigo me esperaba acodado en una mesita con cubierta de mármol. Había encanecido algo y estaba más grueso. Pero en lo demás no cabía equivocarse: los inteligentes ojos grises pestañeando de curiosidad tras los anteojos parchados con tela adhesiva, el rostro de facciones fuertes escoltado por una melena rizada, negra —ahora estriada de canas—, las ropas de «telas naturales», ásperas, y las sandalias de cuero de las que asomaban unos dedos fuertes, defendidos por uñas curvas y amarillas. Un aspecto de monje ruso, del *stárets* Zósima en *Los hermanos Karamázov* (sí, en un homenaje a esas épocas idas evitemos los nombres reales, empleemos un alias, vamos a llamarlo Zósima). La sencillez monacal de Zósima contrastaba —y quizás él lo sabía— con las mesas contiguas.

Rodeándonos, bajo la sombra del palto frondoso y los amables quitasoles, había políticos de la izquierda más renovada, periodistas satíricos, chascones y poderosos —lo chascón no quita lo poderoso—, editores de superventas satinados, alguna andrógina actriz de teleseries negociando su fama con un cineasta subsidiado, hasta un ex ministro achinado y dicharachero, en plena campaña para conseguir su próxima cartera. Todos parecían jóvenes (y, más que todos, quienes no lo eran). En suma, esta terraza luminosa y despreocupada, en el optimista Santiago de comienzos del siglo XXI, espumeaba con la flor y nata del presente chileno.

Zósima y yo no hacíamos caso. Cedíamos, sin proponérnoslo, a una nostalgia privada. Mal que mal, nos habíamos visto tan poco en los últimos años y la vida que realmente compartimos databa de hacía dos o tres décadas. Hablamos de amigos de aquellos tiempos, alguno ya muerto. Revivimos cierto fin de semana del invierno de 1979, en la costa, en Cachagua, con nuestras primeras mujeres, las que después nos abandonarían (y concordamos bromeando en que quizá para eso, en el fondo, lo habían hecho, para que las recordáramos siempre como eran en su bella juventud). Hablamos del cine que vimos en los años setenta: imágenes sepultadas en salas hoy demolidas. Zósima me parecía ahora, más que antes, un monje como los de *Encuentros con hombres notables*, de Gurdjieff. La película de Peter Brook que todos vimos en esos años grises (¿o felices?).

Como si me hubiera oído pensar y dudar, de pronto Zósima me soltó un:

—¿Te dai cuenta de que ahora echamos de menos esos años, y entonces los odiábamos?

Quise objetar algo. Pero me detuve a tiempo. Sin duda por eso, a veces, nos distanciamos de los viejos amigos: porque conocen mejor que nosotros nuestro pasado y es inútil, y hasta ridículo, contarles las versiones de él que luego nos hemos inventado para soportarlo. Por ejemplo, si se lo negaba, ¿no me recordaría él que yo había escrito en esos años un borrador de novela que empezaba con estas palabras: «¡Que se metan el país por el culo, compadre!». Así que, en lugar de discutirlo, nos quedamos callados, apresados por la melancolía que acabábamos de provocar, hipnotizados por el ambiguo sepulcro del pasado que habíamos abierto, atraídos y repelidos por su vértigo.

En ese momento —y mientras Nelson, el mozo, nos servía el cebiche de corvina y camarones que íbamos a compartir— intervino en nuestro silencio la conversación de la mesa contigua. Las picudas voces chilenas tienen ese filo que rasga la privacidad de los vecinos, por mucho que nos defendamos. Parte de nuestra horrible y deliciosa endogamia secular viene de este entrometerse de lenguas agudas en nuestros oídos, que hace que escuchemos sin querer, y sepamos casi siempre lo mismo que los demás.

Bajo el quitasol de la mesa vecina un diputado socialista muy «renovado» y popular, líder en su partido, de voz tan chillona como su corbata, presidía una conversación acalorada. Supongo que su almuerzo había comenzado bastante antes que el nuestro, porque ya iban en esa etapa de la comida cuando las botellas han bajado y las pasiones subido, y es casi obligatorio en Chile, y entre gente «influyente», generalizar las noticias diarias, hallarles una innegable filosofía nacional o incluso universal. ¿Y quiénes más autorizados que ELLOS? El diputado y sus amigos —el periodista pelirrojo y chascón, el editor de libros satinados y dientes ennegrecidos (como si comiera moscas), el ex ministro achinado—. Otros más jóvenes, de verdad jóvenes, pero no menos influyentes. Todos hablaban con énfasis. Con una confianza total. Con voces tan altas que manifestaban que sus dueños eran dueños, además, del tiempo que vivíamos. De la época y de su épica. De su democracia y tolerancia, del crecimiento económico veloz y la prosperidad con justicia también creciente (aunque creciera más lenta que la prosperidad), de todo lo que nos volvía un ejemplo para la región y acaso para el mundo, por qué no. Éste era «su tiempo».

Ese sentido de propiedad sobre el presente —sentido de lo propio y lo apropiado— que emanaba de aquella mesa era tan intenso que se comunicaba a toda la terraza de Le Flaubert, ombligo a esa hora de Santiago de Chile; ombligo, a su vez, de la región latinoamericana, o acaso del mundo, por qué no. Incluso a Zósima y a mí, de pronto, nos parecía que hasta el radiante sol veraniego y el sabroso cebiche —que era el *plat du jour*— eran recompensas merecidas; en lugar de ser sólo bendiciones de un día veraniego.

Quizás para eso, para celebrar su derecho de propiedad sobre el agradable presente que vivíamos, tan delicioso y bien preparado que daban ganas de comérselo —como al cebiche—, el diputado de la corbata chillona exclamó, jubiloso:

—¡Dejémonos de huevadas! ¡Esta es la mejor época que ha vivido Chile! ¡Y nosotros la estamos haciendo!

Las copas en la mesa vecina se alzaron y chocaron con ruido. Luminosas y victoriosas, en la cumbre de ese día.

Zósima enarcó las cejas tupidas, las puso en modo circunflejo por sobre los anteojos parchados, y soltó una risita sarcástica, de las suyas. Luego, echándose para atrás en su silla, me dijo por sobre la mesita de mármol, por encima del cebiche y el vino blanco helado que también estaba de mascarlo —pero que él no bebía porque sólo toma agua mineral *sin* gas—, las siguientes palabras, mientras se golpeaba con un dedo blanquísimo el abombado pecho:

—*Unter der Diktatur hatten wir unsere beste Zeit.*

Zósima siempre refuerza su distancia de la realidad pronunciando sus ironías en algún otro idioma; o en varios. Puede hacerlo porque es un lingüista natural y autodidacta. Conoce media docena de lenguas raras, del quechua al croata, sin contar los idiomas corrientes (como el alemán o el ruso, que son corrientes para él). Si en su juventud le hubiera tocado otro país y otra época, habría sido un académico famoso, supongo, sin necesidad de ambicionarlo, sólo con sus dotes de políglota. Pero no le tocaron otro país ni otra época. Ni siquiera le tocó el tardío exilio, voluntario, que me facilitó a mí iniciar una tesis de doctorado titulada «Grosería y Humor en el Dialecto Chileno». Tesis acerca de la cual Zósima tenía la piedad de no preguntarme, ya que lleva años incompleta. Incompleta, acaso, no sólo por mis perezas, sino por mi falta de fe, porque en el fondo yo también, al igual que mis compatriotas, creo que tal «dialecto chileno» no existe, y que es el resto del mundo el que habla «raro».

«Traduce», le iba a pedir, un poco exasperado.

Pero no hizo falta. Porque el diputado lo había oído y comprendido. Zósima, que es pacífico pero malévolo, no podía ignorar que el famoso parlamentario renovado había pasado su exilio de adolescente revolucionario en Alemania Oriental. Y por eso mi amigo había pronunciado su frase, deliberadamente, en ese idioma.

—¿Qué estái diciendo? —le preguntó el diputado, de mesa a mesa.

Lo hizo con una familiaridad que no excluía la autoridad. Con un volumen tal que se oyó en media terraza, aunque no había más de un metro entre ambas mesas, y la nuestra era mucho más pequeña, tanto que parecía la «mesa del pellejo» —una mesa aparte donde se sienta la gente menor, pero familiar, a comerse «los pellejos».

Zósima inspiró, echándose para atrás en su silla. Temí por un segundo lo que iba a traducir. Y no alcancé a interrumpirlo antes de escucharle responder al parlamentario, con voz pacífica pero potente (una voz gregoriana, de pope ortodoxo) que contrastaba con las picudas voces chilenas:

—Bajo la dictadura tuvimos nuestra mejor época. Contra Pinochet vivíamos mejor.

Ya era tarde. Lo había dicho. Y una atenuación perceptible en el volumen de las voces en ese sector de la terraza de Le Flaubert delataba que lo habían oído. Que todos habían escuchado al excéntrico de Zósima afirmando no sólo que la época de la dictadura de Pinochet fue «nuestra época», sino que en ella habíamos «vivido mejor» (parafraseando, seguro, a Vázquez Montalbán cuando afirmaba que, contra Franco, los españoles habían vivido mejor).

Ni siquiera me atreví a mirar hacia los costados. Sentí una desacostumbrada vergüenza ajena, más una franca irritación contra mi amigo. Suspiré y meneé la cabeza: «chucha, Zósima», le habría dicho —usando el genital dialecto chileno—, «no seái huevón, eso no puede decirse, es incorrecto, con razón te quedái al margen de todas las épocas».

Zósima se dio cuenta y me observó piadosamente a través de sus anteojos parchados. Aunque, más bien, no me observaba a mí, ni era para mí su piedad, sino para «algo» que veía en mí. Y en una turbadora fracción de segundo supe lo que era: mi miedo. Mi miedo que él observaba como... —pero, ¿cómo describir esa mezcla entre asco y ternura?—, digamos que lo contemplaba como quien ha encontrado en la cartera de su madre muerta un diente de leche que el niño botó a los seis años, y que ella guardó toda la vida. Este miedo que ahora nos parece ridículo e insignificante, amarillento y minúsculo, lo aprendimos en aquella edad remota, para sobrevivir. Y con nosotros sobrevive desde aquel entonces.

Todo eso no duró más que una milésima de segundo, antes de que mis temores se confirmaran. Porque, en efecto, con autoridad pero también con familiaridad (familiaridad republicana, porque al fin y al cabo sigue considerándose de izquierda), el diputado le reprochó, tuteándolo de mesa a mesa:

—Por la chucha que andái perdido, compadre. Si la época de Pinochet fue pura mierda.

Zósima no se arredró. En lugar de eso, él, que puede imitar cualquier acento, incluso el subido tono de la nueva suficiencia chilena, imitó la familiaridad con la cual lo tuteaba el otro, pero achicándola con un humor tan ladino que el diputado no pudiera ofenderse (estratagemas de la mesa del pellejo):

—¿Y ya se te olvidó que también fue *emocionante*, compadre? El toque de queda, por ejemplo. Una vez el toque pescó a una gringa en mi casa. No se pudo volver a su hotel y yo la pesqué a ella...

La mesa del lado, e incluso otras más lejanas en la terraza de Le Flaubert, estallaron en carcajadas. La estrategia patentada del boxeo nacional —el pluma achicándose, para dejar al contrincante más pesado manoteando en el aire— había dado resultados. El diputado sólo atinó a tragar un sorbo de su bajativo de menta, ganando tiempo, perplejo; perplejidad que calzaba mal en su rostro, habituado a la seguridad.

Ya que el diputado tardaba en hallar alguna respuesta, uno de sus contertulios se volteó para auxiliarlo y enfrentarnos. El editor de los dientes ennegrecidos (como si se alimentara de moscas), con voz cavernosa, reconvino seriamente a mi amigo:

—Me parece una vergüenza comparar un polvo en la dictadura con esta democracia de ahora.

Y nos dio la espalda, con ennegrecido desprecio.

«Huevones raros», alcancé a oír que dijo algún otro. Pero en voz más baja, menos entusiasta, quizás; o con menos seguridad de que fuera lo apropiado, acaso. Tal vez habíamos perturbado, precisamente, su sentido de propiedad sobre el presente. Pero si lo hicimos —si lo hizo mi amigo—, ese desconcierto les duró sólo unos instantes. Pronto habían vuelto a su merecida alegría, a su rotunda negativa a la perplejidad. Renovando los brindis, olvidados de nosotros.

Por mi parte, creo que respiré aliviado. Prefiero, con mucho, su indiferencia.

—Y, sin embargo, es cierto —continuó Zósima, acodándose de nuevo en nuestra mesita.

Aunque esta vez no empleó la voz gregoriana, sino el tono mucho más agradable de nuestra previa y privada melancolía, para remachar:

—La nuestra fue la mejor época.

La mejor época... Lo dijo de nuevo. Y esta vez fui yo el que hizo ademán de protestar. Porque tampoco el diputado andaba tan perdido. ¿Cómo podía Zósima decir que aquella fue «la mejor época»? Si nuestra primera juventud coincidió con lo peor de la dictadura de Pinochet, con la noche oscura del país, ¿cómo echarla de menos? No fue ni siquiera la dictablanda de los ochenta, que algunos más jóvenes se asignan como épica. Fue la dicta-dura-dura (tanto que parecía que *duraría* para siempre). La broma del polvo era ingeniosa, pero... Comparar aquel invierno con estos días de sol sonaba a provocación, era casi una blasfemia para la sensibilidad contemporánea que nos rodeaba en esa alegre y optimista terraza de Le Flaubert, en pleno tercer milenio.

Pensé en varios argumentos que oponerle. Resultaba sospechosa esa nostalgia de un tiempo miserable (sobre todo en tiempos que desprecian la nostalgia). Parecía un síndrome de la mediana edad. Esa idealización de su pasado, un tanto nauseabunda, en la que caen algunos ex prisioneros o soldados veteranos que añoran —abierta o secretamente— la cárcel o el campo de batalla, porque ya son partes inseparables de su historia. Porque allí y en esa época detestada conocieron la camaradería, y aprendieron a sobrevivir, dicen ellos. Aunque quizás sea más sencillo: eso fue su juventud y toda juventud es preciosa —aunque haya sido asquerosa— cuando se la ha perdido.

Pero si esto fuera un rasgo de madurez se trataría de una sabiduría peligrosamente vecina del reblandecimiento. Una madurez ante la cual habría que estar alerta, y medirla de vez en cuando, como el colesterol o el crecimiento de la próstata.

Todo eso iba a protestarle, pero no alcancé. Porque Zósima levantó las albas manos —de monje—, adivinándome y rindiéndose de antemano —o bendiciéndome—. No, no iba a discutirlo conmigo. Con el diputado sí, pero no conmigo. Conmigo prefería con mucho las dulzuras de la melancolía. Si yo también insistía en oponerme a lo evidente, él estaba dispuesto a darme la razón de inmediato. Zósima es todo lo contrario de un diputado: siempre está dispuesto a perder una discusión con tal de conservar un amigo. Debe ser el hombre más cercano a la paz de espíritu que yo conozca, gracias a esa total y asumida renuncia a vencer, o siquiera a convencer. Así que, si a mí me disgustaba, podíamos olvidarnos de «nuestra época», aunque hubiera sido la mejor.

Y cambió de tema. Me dijo que iba a contarme algo que yo no podría creer. ¿Me acordaba de nuestro profesor de castellano, en el internado? Yo debería acordarme porque fui parte de su seminario privado. Y porque yo bebía de sus palabras, le anotaba hasta los suspiros; lo admiraba, quizás hasta lo consideraba algo así como un padre sustituto, ¿verdad?

—Un padre, no —lo interrumpí, mordiendo una súbita ira, cuya supervivencia ni siquiera había sospechado, no hasta ese instante—. Nunca lo fue.

Zósima me aplacó, agitando la mano hacia abajo: entre viejos amigos no íbamos a discutir nuestras maneras de engañar al pasado. Si yo lo prefería, podíamos llamarlo «profesor» o «maestro». Sí, seguramente yo no iba a negar que lo había considerado un «maestro». En el más profundo sentido. Aquel capaz de dar forma a una vida.

Zósima nunca llegó a tanto. Pero lo recordaba bien, aunque sólo teníamos quince años cuando lo perdimos de vista.

—¿Te acordái de cuando el profesor se volaba en clases y nos decía, y se lo creía, que teníamos suerte de vivir nuestra adolescencia durante el gobierno socialista de Allende...? ¡Porque la imaginación había llegado al poder!, gritaba. Y pronto el mundo se parecería a la buena literatura...

—Me acuerdo —murmuré.

¿Lo recordaba? Qué bien. Porque yo no iba a creer lo que iba a contarme. Resultaba que un par de meses atrás, después de treinta años, lo había visto paseando por el centro. Sí, a nuestro profesor de castellano. Lo siguió un poco, preguntándose si abordarlo y saludarlo. Pero a la vez diciéndose que era imposible. Zósima también oyó los rumores de que el profesor había sido asesinado o había desaparecido, que era lo mismo, después del golpe militar de 1973. Y, sin embargo, lo había visto caminando por Santiago de Chile, igualito. Un hombre bajo, ágil y delgado, con el mismo abrigo negro, más bien raído, puesto a modo de capa sobre los hombros, y el perfil aguileño aguzado por una enérgica mirada verde e irónica. Idéntico: como si ni el tiempo, ni la historia, ni la muerte, pudieran con él.

Experimenté un escalofrío inexplicable en esa soleada y dichosa terraza. Parecía que alguien hubiera abierto, al fondo de ella, la puerta de un sótano profundo. Y de él emergiera un aliento helado y húmedo. Una racha casi corpórea que pasó por debajo de nuestra mesita y su mármol —tan frío, de pronto, como una lápida—, erizándome los pelos de las piernas. Algo similar a un fantasma. Pero un fantasma patético, rastrero, enano. El espíritu, tal vez, de un hombrecito de esos, raquíticos hasta el infantilismo, que había antes en Chile —cuando el país no crecía como ahora— y que se arrastraban bajo las mesas, en los restaurantes, para lustrarles los zapatos a los comensales, casi a la fuerza.

Zósima alzó un par de veces las cejas, malévolo. Emitió otra de sus risitas sarcásticas, aunque amables, leyendo en lo traslúcido de mis emociones la perturbación que me había producido su relato. Complacido, siguió hundiéndome el dedo en la llaga:

—Porque nuestro profe, ahora, tendría que tener casi noventa años, ¿no es cierto?

Y sin embargo aquel hombrecito era igual al que recordaba. IGUAL, como si las tres décadas transcurridas no hubieran pasado por él. La única diferencia, quizás, es que este sujeto parecía un poquito más pequeño, aun, que nuestro maestro. Pero acaso esto era efecto de que él, Zósima, como todos nosotros y hasta el país, habíamos crecido. Era como ver a un fantasma.

No podía ser, no pudo ser nuestro profesor lo que vio. Pero, ¿qué me parecía a mí ese encuentro imposible con un espectro? Un espíritu que desapareció justo al comienzo de aquellos tiempos que estábamos acordando —tácitamente— no llamar «nuestra mejor época».

¿Quién o qué lo estaría convocando a este mundo de nuevo?, se preguntó. Y yo sentí otra vez esa fría ráfaga de tumba abierta, erizándome.

—Si yo fuera escritor... —concluyó Zósima (y a veces, otro síntoma de la cincuentena que se le vino encima, mi amigo se permite la mínima ambición de serlo)—. Si yo fuera escritor, inventaría una historia a partir de ahí.

2. Las bellas palabras (y las malas)

Encontrarse con un hombre que dábamos por muerto.

Está allí, sentado a esa mesa grande y bulliciosa, junto a la tarima del pianista, en el Bar Oliver. El tiempo ha sido implacable con usted, profesor; y, a la vez, piadoso. Como si hubiera bajado a su tumba, sí, pero también conseguido salir de allí. Sobrevivir a costa de vivir. Sonará truculento, pero no lo puedo explicar mejor.

Me acerco a esa mesa hasta que me cierra el paso un mozo (tiene un ojo velado, entelado). Mientras le explico mi cometido sigo observándolo a usted. Pero, ¿es usted?

Examinémoslo: está en un extremo de la mesa, con las piernas cruzadas haciendo un nudo, un poco ovillado sobre sí mismo, subrayando algo en el periódico que tiene frente a él. La calva ha ganado terreno. Pero los ricillos de pelo plateado que se elevan desde los costados del cráneo, semejando un par de cuernitos, son inconfundibles. Como lo es la nariz aguileña. Sin embargo, ¿qué es esto?, el bigotillo de un negro abrillantado no cuadra con mi memoria. Quedo inseguro y decepcionado (quiero tanto que esta ruina sea usted).

Es un fenómeno inquietante: mientras lo observo su identidad fluctúa, va y viene. Es y no es él. Su aspecto cambia según el ángulo de mi mirada. Como espejea y cambia de viso el horroroso traje café tornasolado que lleva y que parece nuevo, acaso demasiado nuevo. Mirado desde media distancia transmite un aire de corrupción que nunca le noté, profesor. Jamás lo vi con este traje chillón. Ni supe que fumara habanos. Y menos de este modo: dejándolos consumirse entre sus labios gruesos, en la comisura de un rictus de desprecio.

Otros detalles se contraponen aún más a mi deseo —mi angustia, mi violencia— de reconocerlo. No recuerdo que su nariz picuda se desviara hacia la izquierda de ese modo torvo. No veo que lleve esos anteojos con marco de alambre flexible, que debía usar...

Y sin embargo esta ira me dice que sí es usted. Esta ira infalible, como un detector de metales falsos, de aleaciones innobles, diciéndome en la aceleración de mis latidos, en el deseo de adelantarme y escupirlo, que es usted. Que ojalá sea usted.

Encontrarse con un hombre que dábamos por muerto. Y darnos cuenta, en ese instante, de que no es que lo diéramos por muerto, sino que habíamos deseado, tanto, matarlo.

* * *

Establezcamos las coordenadas. Pero no se me exija demasiada precisión, vivimos tiempos confusos. Son las dos de la mañana, en lo hondo del toque de queda, en Santiago de Chile. Una fría noche de invierno a mediados de los setenta. Hablo del siglo pasado (¿queda alguien que quiera recordarlo?). Me han llamado de la Central de Taxis para la cual trabajo en turnos de noche. Que vaya a buscar a una puta. El controlador se ha reído: «la suertecita tuya, móvil 43». Me ha dado una dirección en la periferia de la ciudad, en una comuna llamada El Salto, e instrucciones para que en el camino pase a cierto expendio clandestino donde me entregarán por la mirilla un pedido de cigarrillos norteamericanos. Y que todo —la mujer y el tabaco— lo deje en el Bar Oliver. Pido precisiones por la radio del taxi: ¿un paquete, dos? Nada de eso. Dos o tres cartones. El precio no tiene importancia. Sólo tengo que mencionar un nombre, a través de la puerta cerrada, y me los darán a crédito. Luego los llevo al bar, cobro el banderazo de mi taxi y vuelvo a la calle. Los hombres que ordenan son solventes.

Han pasado cinco años desde la última vez que vi a mi profesor de castellano (si es que éste fuera mi profesor). Tengo veinte años. Estoy en tercero de la licenciatura en Letras. Me preguntarán: ¿vocación? ¿Escapismo? Nada de eso. Un rasgo de humor negro acorde con los tiempos, quizás. Manejo un Fiat 125 en el horario nocturno. La compañía me provee de un permiso especial para atender llamadas «de emergencia» durante el toque de queda. Con la luz encendida muy visible en la cabina de vidrios empañados por mi propio vaho, cruzo a velocidad moderada las calles desiertas. Me siento como el capitán Nemo en la proa de su *Nautilus*, surcando el fondo del mar de Chile (las fosas negras, abismales, donde nadan estos monstruosos peces ciegos que pueden resistir tanta presión). A pesar del desempleo, escasean los choferes que aceptarían mi puesto. Son pocas las carreras, se gana apenas la base y quizás una propina. Además están los riesgos, que no son de despreciar. Que lo confundan a uno con otra cosa. El «confuso incidente con una patrulla», saldado con un par de muertos, está en la orden del día. Y hay que tener, como yo, «antecedentes intachables». En realidad, pocos con más de mis veinte años podrían tenerlos, en estos tiempos. Soy, sin duda, la persona indicada. El salario alcanza para un estudiante insomne que quiere pagarse su futuro. ¿Y quiénes podríamos movernos mejor en el toque de queda, sino aquellos que hemos crecido con él?

El gusto del lugar es sublime. Espejos ahumados, enmarcados por pesadas columnatas de yeso pintado que imitan mármol. Ferretería dorada que pretende ser bronce; o que quizás ES oro, ¿por qué no? Un tufo a calefacción que te corrompe, de puro agradable. Se dice que el tiempo de «sacrificio nacional» quedará pronto atrás; al menos para algunos. Y los diarios titulan —a diario— que se viven «momentos auspiciosos». Se usan hieleras en forma de sombrero de copa, para el champaña.

Me explico y el mozo muy moreno, con ese ojo velado (el ojo para las cosas que no deben verse, acaso), me indica la mesa donde creí reconocer al profesor. La mesa junto a la tarima del pianista que toca un arreglo lento del tema de los Bee Gees más oído esta temporada: *Stayin' Alive*. Apropiado aquí, donde todo el mundo parece muy ocupado en demostrar que sigue vivo. Al entrar me he sacado la gorra que nos obliga a usar la compañía; hay tendencia a los uniformes, hoy por hoy. No es que me sienta fuera de lugar. Ya he entregado botellas de whisky y cartas, he sostenido borrachos y transportado mujeres desvanecidas, hacia y desde lugares como éste. Me he asomado a cabarets, night-clubs, fiestas privadas, departamentos de ocasión, mansiones donde una mujer bebe a solas en la oscuridad de un gran jardín junto a la piscina. No hay noche tan cerrada que no tenga sus agujeros... Pero, dejémonos de eufemismos. ¡Esta noche está llena de agujeros! De los que mana, a borbotones, una vida oscura y seductora.

Mirándome entrar con esta puta jovencísima, cubierta de pieles verdosas e hirsutas (será piel de coipo, un ratón gigante al que llaman el «visón nacional»), y con los tres cartones de cigarrillos norteamericanos bajo el brazo, un desaprensivo hasta diría que soy otro parroquiano conocido. Otro habitual de esta «vida nocturna» que lenguas sediciosas dan por muerta en Santiago de Chile, pero que, ya se ve, sobrevive. Y no sólo sobrevive: excita, emociona.

Perfectamente ignorado, contemplo al supuesto profesor, incapaz de decidir si es o no es usted. Mientras, la puta que he traído es recibida con grandes muestras de afecto.

—¡Vanesa! ¡Al fin llega mi chulita! —la llama alguien, desde la cabecera de la mesa.

Es un tipo alto, rubio, tirando a pelirrojo (lo que en Chile se llama un «colorín»). Produce esa irresistible impresión de hombre de a caballo que comunican ciertos vástagos de la aristocracia terrateniente criolla. Incluso más: él mismo parece un potro de rodeo chileno, desde la piel pecosa, baya, a los dientes enormes y amarillos, de herbívoro sano.

Lucio —después sabré que se llama Lucio Echeverría Covarrubias— se pone de pie levantándose los pantalones que, de tan impecablemente planchados, se le resbalan de las caderas. Se precipita, con exagerada cortesía, para desembarazar a la muchacha de su abrigo de pieles de coipo. Al sacárselo todos vemos que Vanesa (al menos ése es el nombre con el que la conoceremos nosotros) viste un uniforme de colegiala. Uno de esos jumpers azules, sin mangas, de escote redondo y hasta con el escudito bordado del Liceo Nº 1 de Niñas sobre el pecho más bien plano. Incluso, el ruedo de la falda demasiado corta y la blusita blanca entreabierta podrían ser de una liceana que se arremanga y maquilla, a la salida del colegio, para provocar a los colegiales que la esperan en la calle. Si no fuera porque los zapatos de tacones aguja, las medias de red y los ligueros —cuyos broches asoman sobre los muslos— dicen a las claras que esta niña pálida, con carita de inocente, es «más puta que las arañas».

El tal Lucio parece fascinado por esta fantasía que, indudablemente, él mismo ha encargado: la colegiala puta o la puta colegiala (ya que en los dos sentidos puede leerse su disfraz). Debo reconocer que yo tampoco puedo quitarle los ojos de encima, y temo que se me note la incipiente erección. Mientras tanto él, relamiéndose como un caballo ante un fardo de pasto, digamos, le alarga el abrigo de coipos a ese hombrecito que también, como esta puta, parece lo que no puede ser.

—Maestrito... —lo llama.

Activado por ese apodo usted salta de su silla, como un resorte, para correr a recibir el abrigo.

«Maestrito». Hasta el título que le asignan, aunque disminuido, podría coincidir con el de mi profesor... Si la actitud arratonada, servil, no distara tanto del engreimiento, lindante con la soberbia, que era tan suyo. Como distan las vueltas de su pantalón café de esos zapatones de cuero raspado, partido... enormes. Unos zapatos que sugieren irresistiblemente la herencia de un difunto más grande. Y que jamás habría usado el pretencioso maestro de lengua que me hizo clases. Quien tampoco se habría dejado ese bigotillo irregular, caído. Mostacho con un ala más larga que, lo noto ahora cuando pasa a mi lado, parece destinada a cubrir una cicatriz o hendidura en la mejilla izquierda. Un perfil patibulario que no —nunca— fue el suyo. Hasta el habano —húmedo y apagado— apunta a un pobre diablo que hubiera recogido ese pucho de puro en el urinario de este bar de lujo. Honestamente, profesor, si es que éste fuera usted, daría la impresión de haber caído muy abajo. Y rebotado.

Sin embargo, ¿qué es esto? Cuando le cierro el paso creo reconocer, fuera de toda duda, humillada sobre esta relampagueante camisa de nylon blanco, la corbata de pajarita amarilla que usaba a diario en el internado.

Así bloqueado, el hombrecito levanta la vista, la clava y luego la deja resbalar sobre mí. Si no fuera porque estoy seguro de que son suyos esos ojos verdes, no reconocería esta mirada huidiza, de animal acorralado (y peligroso, cuando se ve acorralado). ¿Me dirá usted, «maestrito», si es o no el mismo que fue mi profesor de castellano? Y si lo es, ¿me habrá olvidado? ¿O me recordará? Yo tenía quince años cuando usted desapareció. Ahora parece que el desaparecido hubiera sido yo; y que usted me viera surgir de un abismo. Me mira y abre la boca —sin que se le caiga el pucho del puro apagado—, pero no me dice nada.

* * *

No lo veía desde cinco años antes. Una eternidad a esa edad y en aquel período. Entretanto, «un pronunciamiento militar de alcances históricos» había ocurrido en el país y en nuestras vidas. Cuando nos perdimos de vista, a mediados de 1973, yo tenía quince años y estaba en segundo año de educación media en el

Internado Nacional Barros Arana. Usted tendría unos cincuenta y tantos —un poco más de la edad que tengo ahora— y era el profesor de castellano. O, como usted prefería decir: «de Lengua y Humanidades, señores». Su doble ambición, declaraba, era «educarnos la lengua» para «hacernos humanos». (Dando por descontado que no lo éramos). Del modo en que usáramos nuestras lenguas dependía que nos entendiéramos unos a otros. Y que llegáramos —eventualmente— a encarnar la civilización y la humanidad de las que estábamos «tan notoriamente alejados».

No creo que le hiciéramos el menor caso. Aunque lo hubiéramos entendido, nosotros sólo idolatrábamos el hoy y el mañana (igual que ahora). Éramos adolescentes y, por si fuera poco, en ese momento éramos «los dueños del futuro». Nosotros éramos aquellos en cuyo nombre se hacía la Revolución Chilena.

(¡Qué cosas tan antiguas! ¿Será necesario recordarlas realmente? Muchos me dicen que haría mejor en olvidar. En escribir de cosas «más actuales, más livianas». El futuro, como nos prometía el profesor, ha sido nuestro finalmente. Aunque no sea en el tiempo ni en la forma que él anticipaba. Ahora vivimos nuestra «mejor época», encantados por el presente, que imaginamos sólo inferior al futuro. ¿Por qué, entonces, recordar? Podría justificarme con algún objetivo noble y altisonante: rescatar esa imagen de lo que fuimos puede ser uno de los escasos recursos que nos quedan para distinguir la felicidad de la corrupción. No obstante, confieso que la nobleza de ese objetivo me importa menos que usted, profesor. Si no recuerdo ahora cómo lo amé, cuando fui su alumno, quizá no se entienda por qué cinco años después lo odiaba. Ni se entienda por qué seguí a su doble por esas calles invernales, recogiendo en los basureros de Santiago de Chile el humor de aquella época, durante esas semanas que cambiaron mi vida).

El aula. Una de esas naves demasiado altas del Internado Nacional Barros Arana. Si cierro los ojos creo que puedo recorrer al tacto la cubierta irregular de mi pupitre, durante el antepenúltimo año, uno de esos bancos acuchillados por generaciones. En el verano los barnizaban, eternizando bajo la nueva capa semitransparente los nombres de mis predecesores. Yo también tallé mis iniciales en una esquina de la tabla. ¿Estarán allí todavía, sobre el último banco en la fila de la derecha, el más alejado del profesor? Cualquiera diría que el muchacho que se reservaba esa posición era el más desordenado del curso, o el más rebelde. Y, sin embargo, la mía era una rebeldía bastarda, espuria, hecha a medias de superioridad adolescente y autocompasión. No tenía a nadie a mis espaldas, estaba solo en el rincón, voluntariamente. Sobre el piso de baldosas mis pies se congelaban en invierno. En la pared adyacente, el listón de madera a media altura con las perchas donde colgábamos nuestras chaquetas. Los ventanales en el muro opuesto, perpetuamente encostrados de hollín, flanqueados por cortinas de una lona grisácea, filtraban desde la calle Santo Domingo y la colindante Quinta Normal una luz lechosa y granulada, de manicomio. Al frente, un armario acristalado al que no le quedaba vidrio bueno y, encima, un globo terráqueo: el mundo puesto muy por arriba de nuestro alcance y entendimiento.

Todos aborrecíamos al profesor de matemáticas, el pesado de Zapata, con sus salivazos de convicto y sus pellizcos de cangrejo en la nuca, una técnica suya que nublaba la vista y dejaba al culpable en estado catatónico por el resto de la clase. Y despreciábamos a Vilches, el pusilánime maestro de música que nos cantaba las escalas marcando el compás con un ridículo triángulo, voluntariamente sordo a los aullidos disonantes de la sala que entonaba cánticos de guerra.

Ni aborrecimiento, ni menos desprecio, era lo que nos merecía Víctor Polli, nuestro profesor de «lengua y humanidades». ¿Por qué? Habría que verlo actuando (y siempre estaba actuando, concebía la docencia como una actuación), representándonos las novelas y los poemas épicos, reviviéndolos para nosotros.

Pequeñito y ágil, el profesor Polli entraba a clases casi al trote, con paso de *bersagliere* (nos decía él, dejándonos igualmente en la ignorancia, en lo que él llamaba nuestra «inopia cultural»). Lucía siempre el mismo abrigo negro, con el cuello de un terciopelo violeta gastado, puesto sobre los hombros a manera de capa. «Capa» que luego arrojaba con gesto teatral sobre el respaldo de su silla, antes de golpear el grueso libro de clases forrado en tela contra la cubierta de su «púlpito». Lo que producía un estampido feroz, y una nubecilla de tiza, haciéndonos correr en el acto a nuestros asientos. Porque Polli, a pesar de su tamaño minúsculo y sus maneras exageradas, de comediante, nos inspiraba un respeto instintivo, que en algunos de nosotros llegaba a la veneración, o incluso al amor. Y en los demás nunca bajaba del temor. Ya que Polli podía ser temible.

La cabeza grande, de proporciones «nobles» —debió de ser buenmozo antes de irse quedando pelado— sugería un cierto aire diabólico en los rulos que se enroscaban como cuernillos desde las sienes, en la nariz ganchuda que separaba sus ojos verdes, chispeantes de malicia e ironía cuando se acercaba a milímetros de uno de nosotros para susurrarle: «Sé que algunos de ustedes, señores, me llaman "profesor pollo". En su inopia cultural no se les ocurre mejor retruécano de mi apellido». Y entonces se volvía bruscamente hacia el resto del curso para aullarnos: «¡Pero sepan ustedes, los indigentes intelectuales, que una sola pluma de este "pollo" pesa más que los dos kilos de acné que tienen por cerebro!».

Era formidable. Incluso para quienes —como todo nuestro curso— no teníamos la menor idea de lo que significaban palabras como «inopia» y «retruécano». Salvo que quizás provenían de una cultura antigua y superior, tan oculta y esotérica para nosotros, que quizás, efectivamente, era diabólica.

Habría que escuchar, para entenderlo, su voz, su voz de tenor, redondeada por un acento nasal impreciso, pero hipnótico, que acaso provenía de la Mantua de sus antepasados italianos o de unas adenoides gruesas. Habría que ver a Polli dibujando sobre la pizarra las evoluciones exactas de los ejércitos en las campañas de *Guerra y paz*. (Su declarado método pedagógico era «revolucionario e internacionalista»: allí donde el programa oficial ordenaba que debíamos leer una pésima novela chilena, él nos enseñaba una grandiosa novela mundial, sobre el mismo tema). Habría que observarlo, para entenderme, representándonos las voces de los generales, las cargas de caballería desde los flancos, que nos ilustraba corriendo en un caballo imaginario. Habría que imitar con él los cañonazos —«¡pum, pum!»— que nos hacía corear, hasta que parecía que el colegio se venía abajo, para que sintiéramos que la literatura era «sangre y no tinta; guerra y gloria, rodeándonos». Y mentiría yo, ahora mismo, si negara que llegué a sentir, si no la gloria, un olor a pólvora rodeándonos, flotando en el aula, cuando oíamos atónitos, muy a lo lejos, la campana del recreo:

—La próxima clase leeremos —concluía Polli— el final de esta batalla. Pueden irse. Usted, quédese un momento.

Ese «usted» era yo.

* * *

Cinco años después. En lo hondo del toque de queda. Vanesa, la puta colegiala, se ha sentado sobre las piernas de Lucio, el cliente que la mandó a traer. Ahora soy el único de pie, y al resto no les queda más que reparar en mí, sacarme del trasfondo indiferente de la noche.

—¿Ah, también traís los cigarrillos? —me dice el tal Lucio, desde la cabecera—. Déjalos aquí. Buen trabajo, cabro.

Y me pone en la mano un rollito de billetes. No es cosa de contarlos. A simple vista este pelirrojo grandote, con dientes de caballo, es de esa especie de personas a las que no se les discuten los pagos, y menos a estas horas.

Debiera irme ya. He entregado a la puta y el tabaco, demorándome para reconocer o ser reconocido. Pero mi profesor —si es usted— no me saluda. Y yo no me atrevo a saludarlo a él. La práctica me ha enseñado algo de estas noches: «en los tiempos que corren...» no es prudente reconocer a quien no quiere ser reconocido. Sin embargo, una vieja cuenta pendiente me incita a arriesgarme.

—Si se les ofrece algo más, sólo tienen que llamarme —les digo.

Los comensales se miran entre sí. Tintinean los hielos en los vasos de whisky cuando se codean. Un gordo decrépito, con un rosado artificial en las mejillas flácidas, me observa con un interés equívoco. Otro, muy flaco y engominado, con aspecto de gitano tuberculoso, al que llaman «Doc», me emplaza, columpiándose en su silla:

—¿Y por qué pensái que podríamos necesitarte?

—Hago el turno de noche en el taxi. Y como parece que buscan algo...

Estoy indicando el diario tabloide sobre la mesa, las columnas de avisos clasificados marcados con lápiz rojo que el codo del maestrito intenta inútilmente tapar. El flaco parece que no puede creerlo:

—¿Y quién te manda a vos, cabro huevón, a leer diarios ajenos?

Me están pistoleando. No es el primer grupo de borrachos nocturnos que me toca. Ni será el último. Y este «Doc» no va a soltarme tan fácilmente. Ha detectado las miradas que intento cruzar con las huidizas ojeadas del maestrito:

—¿Andái buscando problemas, pendejo? ¿Vamos pa' afuera?

No tiene complexión para respaldar su amenaza. Pero ostenta su bravata. Adelanta el mentón, intenta sacar el hundido pecho. Los rostros divertidos de sus amigos celebran su desplante. Una rubia cuarentona, de pestañas postizas, a simple vista muy bebida, lanza una risita emocionada. Parece de esas mujeres que van al box y les gustan las primeras filas, por si cae una gota de sangre. Al Doc, tanta admiración ajena le ilumina el rostro ceniciento. Se nota que les he animado la noche (animado esas caras plastificadas por el hastío, que apenas conmueve la promesa de una violencia...).

Y por fin usted, profesor (¿o debo llamarlo «maestrito», como lo hacen acá?), se levanta de su silla. Se saca el pucho de puro apagado de la comisura y lo deposita con cuidado en el borde de un cenicero —no sin antes fingir que le sacude una ceniza inexistente—. Luego se aproxima a mí y me rodea, examinándome. En realidad, olfateándome. No me llega al hombro y soy más bien yo el que le huelo la calva que huele a azúcar quemado, como apestan ciertos alcohólicos en la fase diabética.

De pronto, sin decirme ni una palabra, me ha quitado la gorra extrayéndola por sorpresa del sobaco donde yo la apretaba. Y se la ha puesto. Se lleva la mano marcialmente a la visera para que sus amigos se desternillen de la risa. Enseguida, aprovechándose de mi desconcierto, también me ha despojado de la chaqueta que ha doblado sobre su brazo. No se crea que ha habido violencia, que me la ha arrebatado, o que hemos tironeado de ella. Ha actuado con la suave e irresistible habilidad de un mayordomo, o un valet, o un ladrón de guante blanco. La suavidad de este hombrecito, precisamente, es lo que provoca más hilaridad.

Por último, poniéndose de espaldas a mí, me indica, golpeándose con dos dedos de la mano izquierda sobre el hombro derecho, que le mire algo que supuestamente tiene allí. Aparte de unas repugnantes costras de caspa amarillenta, no veo nada. Hasta que veo estrellas. Porque, aprovechando que he tenido que acercarme para examinarlo mejor, con la mano derecha —que colgaba a la altura precisa— usted me propina una palmadita en las bolas.

Es una broma infame, que recuerdo del colegio. Infame pero efectiva. Ha sido su manera, peculiar, de invitarme a compartir su mesa. Y, en efecto, el movimiento reflejo para defender mis testículos me ha hecho caer sentado en la silla que, previsoramente, este «maestrito» me puso tras las piernas.

* * *

Maestrito. Siempre hay uno a mano (desocupado, cesante, en paro). Hace lo que otros no. De hecho, nunca dice que no. Tiene habilidades tan múltiples como sus necesidades. (Vendrá de «maestro chasquilla», ese factótum u hombre orquesta que en inglés se conoce como *jack of all trades* y en España «el chapuzas»). En Chile, las dueñas de casa acomodadas lo llaman también «hombrecito». Si se necesita podar un arbusto o subirse al techo, se llama a un «hombrecito». Los hombres de la casa, en cambio, tienden a llamarlo «jefe». Un modo como cualquier otro de ironizar con este señor que hace de chico de los mandados. Más a menudo aún se lo llama «maestro». O, por atenuación, «maestrito». («Maestrito, ¿me saca la basura, please?»). Valor de estirpe hispana concedido a la educación y a la maestría. A los obreros sin calificación se los llama «maestros». Y se les paga en consecuencia. O, si se prefiere pensar bien, también es factible descartar la ironía. Se puede pensar que, en el fondo, el «maestrito» merece su apodo. Porque sabe muchas cosas. Como dice el refrán: sabe más que el hambre.

* * *

Como los sirvientes que comen al final, sólo ahora el maestrito se ríe de su propia broma infame. Hasta entonces ha guardado un silencio y una seriedad que uno llamaría «sepulcrales», si no hubiera aquí tanto ruido de vida. Ahora saca la voz y es para soltar una carcajada estentórea y a la vez cascada, hueca, parecida a esas risas grabadas que emiten ciertos muñecos cuando se los aprieta. De hecho se dobla de risa (o es una reverencia) mientras emite esa carcajada que le sale del fondo del alma; si el alma fuera —pongámosle— un hangar vacío, con los vidrios quebrados, donde no queda nadie, ni su dueño.

Lo seguro es que es una risa contagiosa, infecciosa, a la que es imposible resistirse. Así que de pronto estamos todos riéndonos, hasta las lágrimas. Incluso yo, como puedo, para disimular las lágrimas verdaderas que me sacó su golpe en las bolas.

Intentando dejar de reírse, de relinchar, más bien, porque hasta se ríe como un caballo, y mientras se seca las gruesas gotas que brotan de las comisuras de sus ojitos color miel, Lucio me hace una seña para que acerque mi silla a la suya. No me lo pide. Me lo ordena. Aunque yo no hubiera descubierto ya que es el jefe, lo sabría por este modo de mandar, de sentirse a sus anchas mandando, de «creerse la muerte». (En Chile, el más vanidoso, el que ha llegado a la cumbre del éxito, «se cree la muerte»; lo mejor se considera «la muerte». Y nadie se asombra).

—Acércate más, cabro, más —me indica.

Sin esperar a que le obedezca, Lucio alarga la mano y arrastra mi silla, conmigo encima, hasta pegarla a la suya. Quedo apretado contra él y la pequeña puta vestida de uniforme colegial azul que se sienta sobre sus rodillas. Vanesa es tan huesuda y tiene la boca tan ancha, que parece hambrienta. Le veo perfectamente los senos puntiagudos, afilados, por el hueco en el escote de la blusita blanca que ha dejado entreabierta —para que se le vean.

Lucio me pasa el brazo sobre los hombros y me acerca la cabeza sudorosa, para hablarme en voz baja como si ambos —y Vanesa— compartiéramos un secreto.

—¿Verdad que es igual? —me pregunta.

—¿Igual a qué? —replico, intentando zafarme de su abrazo sin que se note que lo intento.

—¡No te hagái el huevón, cabro! —protesta Lucio, clavándome aún más los dos dedos con los que ahora me sujeta por la nuca—. Vos saliste del INBA. Te caché.

El Internado Nacional Barros Arana. Pero, ¿cómo diablos puede saberlo? Me lleva quince años, o diez, por lo menos. Tendrá treinta o treinta y cinco. Si es un ex alumno no podría acordarse de mí. Aparte de que tendría que ser al revés, porque son los alumnos menores los que pueden acordarse de los mayores. Yo tendría que haberme acordado de él. Pero es Lucio el que me ha «cachado» (me ha agarrado, me ha atrapado), y no cabe en sí de entusiasmo.

—¡Compañero! —me abraza—. ¡Compañerito chico! Mil años que no me encontraba con un compañero del INBA.

Y me da un sonoro beso en la mejilla. Luego separa nuestras cabezas, abre nuestro cónclave —la putita y yo casi parecemos, ambos, estar sentados sobre sus rodillas— y les anuncia a sus amigos en la mesa que se ha encontrado con un compañero de colegio. Que me llamo... ¿Cómo me llamo?

Yo lo digo —mirando al maestrito que se esconde tras su periódico, al otro extremo de la mesa.

Y Lucio se mete un dedo tras uno de sus tirantes de fantasía, radiante de puro orgullo colegial: «¡Somos del INBA!».

Aunque él no parezca un ex alumno de ese liceo fiscal. O no exactamente. Lo que parece es uno de esos alumnos-problema, expulsados de todos los colegios privados, a los que sus padres ricos ponen internos en el INBA como último remedio y castigo. (Luego creeré saber que Lucio tampoco era eso, sino el vástago de una familia de trigueros del sur, arruinados; aunque ni esto se pueda asegurar).

Lucio pide champaña. Me invita a quedarme; más bien, me conmina. Ahora no dejará por ningún motivo que me vaya. Él paga el taxímetro. ¡Que corra hasta la madrugada! Les he salvado la noche. (O acaso usted y yo, profesor o maestro —quienquiera que sea—, lo hemos hecho, les hemos mejorado el humor hasta mañana). Y mientras descorcha la botella él mismo —siempre lo hace, luego me enteraré de que reclama ese privilegio, que a veces este hombre que se cree la muerte practica el *sablage*: cortarle el cuello a la botella de champaña con un sable—, Lucio me explica, con un punto de vanidad y otro de advertencia:

—Te caché por la manera como mirái al maestrito. ¿Verdad que es igual a nuestro profe de castellano?

Vacilo. Intento una última finta. Inútil, por lo demás, porque los ojos castaños de Lucio destellan con el placer de haberme «cachado».

—¿Igual al profesor Polli? —le pregunto.

Hace mucho tiempo que ese apellido, detestado, no pasa por mis labios. Aunque a menudo esté en mi mente.

—Claro pus, huevón, si parece un doble del profesor Polli. Que te habrá hecho clases también. Y hasta le imita perfecto las huevadas que hablaba. Yo le enseñé.

Y sólo entonces me mira, de reojo, mientras el corcho de la botella de champaña va saliendo solo, amenazadoramente solo, del cuello de la botella a punto de estallar.

—¿No te habrái creído que era él, realmente? —me pregunta Lucio, achinando de nuevo los ojillos y mostrando los dientes equinos—. A ver, dime: ¿qué chuchas iba a hacer un sabio como ése con gente como nosotros?

3. La dichosa terraza del presente, dos

Nuestra sobremesa en Le Flaubert duró más que la del diputado y sus amigos. La flor y nata del exitoso presente salió pronto de vuelta a sus tareas. El periodista chascón (que no quita lo poderoso) y el editor de los dientes ennegrecidos y los libros satinados («de-satinados», los llama Zósima, que ama los juegos de palabras) partieron alegando compromisos que no les permitían quedarse tanto. Éste era «su tiempo» y no debían desperdiciarlo.

Zósima y yo, más prescindibles, nos quedamos en nuestra mesa del pellejo hasta tarde. Hasta que la terraza quedó vacía y el sol de verano cedió, proyectando una sombra amable desde el alero festoneado por las trepaderas fragantes de la flor de la pluma.

En algún momento fui al baño y, aunque no me habré demorado más de tres minutos, cuando volví Zósima ya había tenido tiempo de hacer un palíndromo.

Así como otros resuelven crucigramas, consultan su teléfono móvil o rumian agravios, mi amigo mata el tiempo jugando con su inconmensurable talento lingüístico. Inventa de memoria, sin apuntarlos: anagramas, acrósticos, palíndromos (esas palabras o frases que pueden leerse igual al derecho y al revés). Todavía no me había sentado cuando Zósima, apartándose con un dedo la rizada melena negra —ahora estriada de mechas plateadas—, me sorprendió con un palíndromo. Supongo que inspirado por aquella mesa vecina donde estuvo ese bocado de la crema o nata del nuevo poder chileno, pronunció:

—Satán sala las natas.

Por excentricidades como ésa es que Zósima debiera ser imprescindible, en este tiempo que lo ignora. Por su capacidad —satánica, precisamente— de leer el lenguaje al revés, como en un espejo. Y ver en él lo contrario de lo que se dice. Leer, por ejemplo, en el alegre éxito contemporáneo su reverso melancólico. Melancolía en su sentido etimológico, que viene —me lo dijo él— del griego «mela-chole»: bilis negra. La amarga bilis del resentimiento.

—¿Satán qué? —le pregunté, mientras comprobaba que me había subido el cierre del pantalón.

Pero ya he dicho, creo, que la mente de Zósima no trabaja como las demás. Trabaja, diríamos, como los caballos en el ajedrez, a saltos y en diagonal; no a pasitos rectos, como las del resto de nosotros, los peones. Así que, en lugar de explicarme su palíndromo, mi amigo apareció por otro lado.

Encontraba divertidos esos recuerdos, que yo le estaba haciendo, de mi lejano tropezón con un hombrecito similar a nuestro profesor de castellano desaparecido. Aunque no me creía del todo, porque Zósima no se olvidaba de que en el internado yo solía escribir historias, paralelas a la dudosa realidad. Pero lo encontraba divertido, sí. Y un poco escalofriante también. Sobre todo si suponíamos que era ese mismo hombrecito quien se le había aparecido a él, casi treinta años después, en el centro de Santiago.

¿De qué naturaleza tendría que ser ese personaje continuo, capaz de sobrevivir a tantos avatares, sin morir ni envejecer?, se preguntaba Zósima. Aun si supusiéramos —sólo para continuar jugando— que el profesor hubiera sobrevivido a las feroces pruebas que le puso la historia. Que no hubiera muerto ni desaparecido, como creíamos. Aun así, ¿cómo era posible que hubiera sobrevivido a la prueba del tiempo? ¿Qué fuerza o qué pacto lo habían vuelto inmortal? Y, todavía más inquietante: ¿qué o quién lo estaba convocando a que, aunque fuera convertido en un «maestrito», volviera para penarnos?

—Supongo que tenís una hipótesis —suspiré yo, sabiendo que Zósima SIEMPRE tiene una hipótesis.

—Es un vampiro.

No supe si reírme o escandalizarme.

—¿Uno de esos con alitas de murciélago?

Zósima se impacientó un poco:

—Un vampiro. Que viene de «vampyrus», en latín. Y se dice parecido en las lenguas derivadas de éste. Pero distinto en las eslavas, por ejemplo. Es un «urdalak», en ruso moderno. Un «vrolok», en eslovaco. Un «strigoï» o «strigoiul», en rumano... que es romance, pero, bueno —suspiró—. En fin, un «bukolako» o «vukodlak», en serbio. Un «upiro», en polaco...

—¡Zósima! —estallé, interrumpiéndolo.

Porque cuando Zósima empieza con sus etimologías comparadas, es muy capaz de continuar por horas, si nadie lo detiene, embalado en un delirio gozoso e inagotable, que es la única forma de embriaguez que conoce.

—¿No estarái hablando en serio? —continué protestando.

Zósima me observaba sin verme, pestañeando al fondo de sus gruesos anteojos remendados con cinta adhesiva. Sus iris grisáceos centelleaban un poco, alucinados. Y acezaba, interrumpido en su gozo, decepcionado. Por fin, logró serenarse lo bastante para condescender a explicarme:

—A ver: ¿qué es un vampiro, en esencia? —me preguntó, y se contestó—: Alguien sin alma, hecho sólo de materia. Y que, sin embargo, no puede morir. Uno que posee la inmortalidad material. Capisci?

Asentí. Aunque más por temor a llevarle la contra que por otra cosa.

—No importa la edad que tenga, el vampiro es eternamente joven. Demasiado joven para morir. Y por eso mismo es un melancólico rabioso. Escucha cómo lo dice el conde...

Y me recitó con voz tétrica, de memoria, aunque haciendo aspavientos de que no se acordaba bien (como muchos políglotos es un memorión, pero coqueto, siempre diciendo que le ha llegado el Alzheimer): «I seek not gaiety nor mirth, not the bright voluptuousness of much sunshine and sparkling waters which please the young and gay».

Para enseguida traducirse: «No busco ni la alegría ni el júbilo, ni la brillante voluptuosidad del pleno sol y las aguas centelleantes que tanto agradan a los jóvenes y alegres».

—¿Qué busca entonces el conde, inmensamente rico y experimentado, dueño de la mayor fortuna que puede desear un hombre, o sea, el tiempo? Dime tú.

—No tengo idea —repliqué, malhumorado.

Tras veinte años de no vernos, creo que había olvidado lo incómoda que puede ser la extravagante inteligencia de Zósima; sobre todo después de almuerzo.

—El vampiro busca un espíritu.

—Ya. Y tú creís que el profesor se convirtió en vampiro, y anda buscando su espíritu por estos lados.

Zósima me sonrió, deleitado. Sus ojitos inteligentes brillaban con un placer que, dada su apariencia de pope, yo llamaría placer «ruso». Al fin yo le estaba siguiendo el juego. Aunque lo seguía muy atrás, claro. Porque...

—Tenís razón. Con una salvedad: no es SU espíritu lo que el nosferatu busca por acá. Lo que busca es un espíritu afín.

—Maravilloso. ¿Y en qué consistiría esa afinidad de espíritu que tanto ansía el chupasangres? —le pregunté a Zósima, manoteando en dirección a Nelson, el mozo, para que me sirviera otra copita de pisco puro (que me estaba haciendo mucha falta).

—¡No es el amor! Ese espíritu afín no es lo que creen los cineastas sensibleros, a lo Ford Coppola. ¡El amor, desde luego que no!

—Desde luego que no —convine; y diré que convencido de ello.

—Lo que el vampiro busca, ahora, es amistad, camaradería. Aliviar su soledad en compañía de otros, de muchos como él. Sus afines.

Tragué mi pisco —que ardía como el infierno— sin hacer buches, sin miramientos. De pronto, ya no tenía ganas de seguir con el juego mental de Zósima. Una angustia incipiente me embargaba. Pero él no me iba a soltar tan fácilmente. Y se lanzó —suave, como el monje que es— sobre mi cuello.

—Una época próspera y que no cree en la muerte. Un mundo que busca desesperadamente la inmortalidad de su carne siempre joven. ¿A quién se parece?

¿A quién se parece un mundo incapaz de morir?, se preguntaba Zósima, como soñando. Un mundo que se cree la muerte, él mismo. Un mundo joven, bellísimo y, a la vez, incomprensiblemente iracundo.

—¡Es el Dracul, el dragón, Satanás! Señor del tiempo material. Furioso porque el tiempo espiritual se le escapa sin poder atraparlo.

A decir verdad, no podría jurar que estas palabras me las dijera Zósima. Porque ahora su voz me llegaba desde muy lejos. Quizás era la digestión de tanto cebiche picante, y esos dorados vinos secos de Chile, lo que me exigía una siesta. Sentía que cabeceaba, adormeciéndome, sobre nuestra sobremesa. Y a la vez me aterraba dormirme. Hasta el perfume de la enredadera de flor de la pluma, dulzón y relajante, se me antojaba una trampa. Alguna clase de opiáceo cuyas emanaciones placenteras me inducían no a una siesta sensual, sino a una pesadilla. Vagamente, odié a Zósima por estropear nuestra estupenda sobremesa. Pero, ¿era la voz de Zósima, todavía, esa que me mareaba?

Rumores y susurros; una especie de remolino de alas frotándose...

... La ilusión de que la materia durará para siempre, me decían. Tú, juventud, época soberbia que no crees en la muerte. Vampírica, vampírica... Tú, orgulloso presente, que ansías ignorar el pasado al que continúas aferrado y el futuro en el cual te precipitas. No estás muerto, pero tampoco vivo. Ah, melancolía luciferina. Vosotros, burgueses de la aldea global, ávidos de placer, rodeados de lobos. Vosotros que en la materia muerta chupáis vida y fugacidad eterna...

Pudo ser una cabezada más fuerte que las demás la que me sacó de esa siesta pesadillesca. O, ahora sí, la voz gregoriana de Zósima, que me recitaba de memoria las palabras textuales —éstas sí— de Drácula:

«Ah, joven amigo... Los días de guerra ya terminaron. La sangre es algo demasiado precioso en esta época de paz sin honor; y las glorias de las grandes razas son como un cuento que se cuenta».

—¿No lo ves?

Lo veía, sí. Ahora, despierto y a plena luz del día. A disgusto y mareado, pero lo veía.

—Rondando aquí y entre nosotros, «en esta época de paz sin honor». ¡Dónde y cuándo se podría sentir más a gusto un vampiro! —exclamó Zósima.

E hizo un gesto circular, con el mentón hirsuto, abarcando la mesa contigua que habían ocupado el parlamentario de la corbata chillona y sus amigos, la materialidad fragante de esa terraza, el ombligo de Santiago de Chile. O del mundo, ¿por qué no? La prosperidad y actualidad perpetua de nuestro mundo feliz.

Sacudiendo la cabeza para despejarme, traté de oponerle una objeción, in extremis. Intenté atajar las tenebrosas ideas de mi amigo con el más eficaz «detente» contemporáneo. O sea, traté de echarlo a la chacota, de tomarlo en broma:

—Entonces, Drácula escogió reencarnarse precisamente en el culo del mundo. En Chile y en un ex profesor secundario. O en su doble: un maestrito ridículo y grosero. Muy propio de un conde...

Inesperadamente, Zósima me dio la razón. Lanzó una carcajada juguetonamente lúgubre, antes de concluir:

—A cada época la nobleza que le corresponde.

* * *

Por supuesto, Lucio tiene razón. ¿Qué chuchas iba a hacer nuestro profesor de castellano auténtico con esta gentuza, en el Bar Oliver? Aquel literato y humanista infiltrado en este submundo implacable de los años setenta, y a estas horas prohibidas, durante el toque de queda. Ni mi rabia contra él justificaría una transformación como ésta.

Autorizados por su jefe, por Lucio, el grupo del Oliver pasa conmigo de la hostilidad asesina a la camaradería más inmediata. Me incorporan, me pagan tragos, me preguntan cómo es esto de ser taxista nocturno (me hacen un chiste: «marxista nocturno», me llaman, pero no se ríen demasiado). Me tratan como si nos fuéramos a tratar toda la vida. Y la vida fuese un largo filo de cuchillo entre la violencia y el sentimentalismo.

El maestrito interrumpe a menudo el jolgorio para hacer chistes. Y siempre triunfa, nos hace reír. O lo hacen por él sus malas palabras; el acento mordido, exacto hasta la elegancia, con que suelta las groserías más gruesas, los garabatos malolientes, las palabrotas más sucias. El caso es que nos matamos de la risa con él. Parece un cómico natural, uno de esos ejemplares que suelen usarse como prueba del «proverbial ingenio del roto chileno». Aunque yo, que sigo atisbándolo, noto que de vez en cuando consulta bajo la mesa una libreta roja, mojándose el índice, un poco desesperado, como si allí llevara anotadas las bromas y se le estuvieran acabando.

El gordo decrépito, teñido de un rubio ceniciento, se encarga ahora de hacer unas introducciones aparatosas que nadie le ha pedido. Pero el rol le viene porque, en efecto, tiene algo de director de un circo alemán. Y hasta viste de un blanco amarillento, tirando a serrín y orines viejos. Me presenta a Lucio Echeverría Covarrubias, «abogado penalista y empresario», en la cabecera de la mesa. Y a la cuarentona bebida, con las pestañas postizas, que apenas cabe en su vestido color rojo fuego: Magali, «locutora y periodista de fama continental». Le dicen la Mariscala. Porque es viuda de un mariscal. O porque le gustan los mariscos... Hacen bromas espesas que ella celebra con cortos chillidos de placer.

—A esa damita inocente no necesito presentártela —me dice el gordo, bajando la voz e indicando a la puta que traje desde El Salto.

Lo ha dicho con torva ironía, pero controlando que Lucio no pueda oírlo. Aunque éste parece demasiado ocupado metiendo la mano bajo la falda del uniforme de colegiala, mientras besa apasionadamente a la «damita». Pero «besar» resulta una ironía. Su boca abarca una porción tan grande del rostro de ella que parece, más bien, que le estuviera devorando la lengua.

Vanesa no protesta. Al contrario, hasta se ve un poquito frustrada cuando él afloja el apretado abrazo y le permite respirar de nuevo. Como si le gustara quedarse sin aire. Para luego suspirar profundo, entornando sensualmente los ojos. Incluso a mí me corta el aliento, la escena.

—Y este de acá es el doctor Fernández, el Doc —el flaco cráneo engominado del gitano tuberculoso bascula, olvidado de su ira de hace un rato, haciéndome una venia—. Y, por último, éste soy yo, Octavio de Silva, cineasta.

El Doc emite un bufido sarcástico:

—¡Cineasta! ¡Las huevas! Será porque te lo pasas viendo películas cochinas...

—No le hagas caso, es la envidia. Le duele ser mal actor. A propósito, tienes un rostro telegénico. Cualquier día vienes por el estudio para que te hagamos una prueba de cámara...

—¿Están filmando algo? —le pregunto yo, con la mayor inocencia de la que soy capaz.

O sea, con la inocencia propia de estos tiempos, una inocencia que no se distingue de la desconfianza.

—Tenemos grandes proyectos.

Octavio de Silva agita la mano que sostiene la boquilla. El humo esparciéndose parece facilitarle la contemplación de esos «grandes proyectos». Deja la nube flotando y luego me explica lo que ve en ella. Una mezcolanza vertiginosa de nombres de actores norteamericanos de hace treinta años, que asocia con «celebridades» nacionales de las que nunca he oído. Luego toma una vieja cámara fotográfica, negra y raspada, que cuelga de su silla, y me enfoca. Lo que ve será de su agrado, porque se relame, diciendo:

—Mmm, sangre nueva...

Y en su entusiasmo me ofrece nada menos que hacerme famoso. Al fin y al cabo, preparan una «súper-producción»...

—Cierra el hocico, Octavio —lo interrumpe de pronto Lucio.

Octavio de Silva palidece notoriamente, incluso bajo el rubor artificial de su maquillaje. Mientras, baja la cámara y su boquilla cae en la comisura izquierda, casi en 90 grados.

Lucio vuelve a la carga conmigo. Soy el compañero de colegio que la marea de esta noche, estancada por el toque de queda, ha arrojado hasta su mesa. No va a desaprovecharme. Vuelve a hablarme en confianza, bajito, para que los demás no nos oigan. Aunque sólo le interesa un tema: ¿verdad que este «maestrito» es igual al profesor que tuvimos? ¿Aunque éste sólo sea un maestro en hacernos cagar de la risa?

Yo ni lo confirmo ni lo niego. Algo que Lucio interpreta como una afrenta, como un deliberado ataque de mala memoria, como la traición de un viejo camarada. Me sube la voz:

—¡Chuchas, compañerito! ¿No lo estái viendo o te hacís el huevón? Yo te lo voy a demostrar. ¡Maestrito! —le ordena a usted—. Imítate al profesor.

* * *

«Usted, quédese un momento».

Sigo oyendo la voz del profesor Polli, esa vez, a la salida de una clase, cuando me ordenó quedarme. Esa orden que me cambiaría la vida.

Me quedé paralizado junto a su pupitre. Mis compañeros se burlaban y me tiraban manotones al pasar: «Te llegó la hora, huevón. ¿Qué hiciste? Él fue, profesor, yo lo vi...».

Salimos de la clase, bajamos las escaleras y cruzamos el patio. Entramos al pequeño despacho común, en la sala de profesores. Polli se sentó y se sacó los anteojos con marco de alambre. Sin ellos, los ojos verdes se revelaban más irritados por la tiza de los pizarrones que por el mal genio. Se los frotó y luego me miró fijamente:

—Es usted huérfano.

Era un hecho de la causa. No tan raro en el internado, por lo demás. Mi padre se había fugado poco después de nacer yo. Y mi madre murió a mis trece años. Yo llevaba dos como pupilo en las viejas y enormes casonas de la calle Santo Domingo. Sin embargo, opté por responder dignamente:

—No tengo parientes en Santiago.

El profesor asintió, todavía frotándose los ojos irritados por la tiza:

—Entiendo que hay un tío, en el sur...

Era verdad. Sólo tenía un tío que vivía en un fundo al interior de Osorno, era un latifundista. En esos tiempos revueltos del «gobierno popular», yo jugaba a llamarlo un «latifascista» (la ideología nos crecía antes que la barba). Mi tío actuaba como mi tutor, desde la muerte de mi madre. Era un hombre estricto y lejano con sus propios hijos, así que no me apenó demasiado cuando decidió enviarme a Santiago, al Internado Barros Arana. «Vas a recibir una buena educación y vas a estar en la capital. Siempre hay más oportunidades para un huérfano en las capitales», me dijo. (Luego supe que era gran lector de Dickens, pero para entonces ya no nos hablábamos). No discutí su teoría. Ni señalé el hecho de que yo no tuviera otros parientes en esa ciudad y que, por lo tanto, iba a pasar los fines de semana a solas, en el colegio. Muy temprano me adapté a la idea de que tendría una infancia y adolescencia solitarias. Considerando el mundo y las épocas que me tocarían, no me parece una mala educación.

El profesor Polli me observaba, sondeando mi silencio. Por fin agregó:

—He notado que no sale los fines de semana, amigo.

Me estremecí un poco. Cuando Polli lo llamaba a uno «amigo», era posible que estuviera por gritarle una feroz amonestación, o a punto de mandarlo a la inspectoría. Aunque lo que me dejó más perplejo es que era cierto que yo casi no salía. Y que, en los dos años que llevaba allí, este era el primer profesor que se preocupaba por ello.

—Prefiero quedarme leyendo —insistí, en mi quinceañera dignidad.

—¿Ha oído hablar de mi seminario?

Por supuesto que había oído hablar. Un grupo selecto de alumnos de los últimos cursos que se reunían para leer literatura más avanzada de lo que permitía el programa oficial. Leían libros «cabezones», decía el rumor, entre burlón y envidioso. Y más grave: no sólo hablaban de literatura, sino de filosofía y política; o aún peor: sobre ambas cosas. Porque decir que el profesor continuaba allí sus clases de castellano, o que su seminario era una suerte de taller literario, sería mezquinarle. Con ese grupo privado Polli daba rienda suelta a su vocación de maestro de una vieja y amplia disciplina que ya no existe (extinta como nuestra pobreza). Más que literatura, en ese seminario Polli nos enseñaba «humanidades». Se revelaba como lo que realmente era, aunque nuestra «inopia cultural» no nos permitiera percibirlo: un humanista.

El seminario se celebraba en el departamento del profesor, en el mismo internado, los días martes de seis a ocho de la tarde. Si bien no era raro que el entusiasmo de los participantes lo prolongara hasta las nueve o las diez de la noche.

Las habitaciones de Polli... Su dormitorio-escritorio-salón-seminario. Estoy viendo ese cuarto en una de las esquinas del lóbrego edificio, con ventanas a dos calles. El biombo que separaba la cama del resto de la larga estancia. Los baúles camaroteros, la biblioteca, el busto de Homero, la jaula de mimbre donde se espulgaba las alas un loro irascible, el huerto hidropónico en uno de los balcones. El profesor Polli —además de yudoca— era ornitólogo, vegetariano y partidario de la autosustentación. En suma, un anarquista pacífico y un pacifista revolucionario. (¡Dios mío!, pensar que hoy en día a alguien así lo denigrarían llamándolo «New Age»).

En ese decorado penumbroso, amortiguado aún más por unas cortinas altísimas y tan rígidas de polvo que parecían hechas de pergamino, Polli —contra lo que decía el rumor— no nos obligaba a leer demasiado. En realidad, casi nos lo impedía. Prefería con mucho que lo oyéramos recitarnos —más bien, actuarnos— pasajes de *La Orestiada*, de *La Cartuja de Parma*, de la Biblia y los *Diálogos* platónicos. Una literatura universal sin orden aparente (una «Weltliteratur», la llamaba él, dejándonos en la «inopia»). Polli atacaba las fronteras miserables de los aduaneros de la literatura, que iban fragmentando artificialmente el gran libro del mundo. Todas las religiones eran, en realidad, literatura. Los grandes libros políticos, también. La historia sobre todo, que no era un museo sino un teatro.

Teniendo en cuenta la exaltación política de la «vía chilena al socialismo», sus esperanzas desaforadas, no era extraño que esa discusión sin fronteras literarias derivara a hipótesis sobre un mundo mejor. Y de ahí a encendidas discusiones sobre la sociedad sin clases. Nuestro profesor no nos desanimaba. Al contrario, si lo que queríamos era hacer la revolución (cosa a la que él no nos empujaba, repetía, pero de la que tampoco nos disuadía), podíamos considerar que el acto mismo de leer ficciones, de dejarse subyugar por lo imaginario, era en sí revolucionario. Porque subvertía la tiranía de la realidad, proponiendo otras. Porque soñando se empieza a construir un mundo mejor, nos decía. Del signo que fuera.

—Ando buscando un alumno de su curso para integrarlo a mi seminario —me dijo finalmente Polli, después de atajarme a la salida de aquella clase—. ¿Se le ocurre algún nombre?

Era característico de él: no instruía, sino que preguntaba hasta sacarnos la respuesta de donde uno ignoraba tenerla. Consideraba elegancia pedagógica preguntarnos, incluso cuando ya había decidido lo que iba a ordenarnos.

—No estará pensando en mí, señor —balbuceé, haciéndome cargo.

La idea me aterraba. Era ponerse en evidencia, pasar al frente, salir del refugio en el último banco.

—Acertó, amigo. He pensado que el más apropiado sería usted —me espetó, cerrando el libro de clases, donde había subrayado mi nombre.

—¿Y por qué yo?

—Sus pruebas. Le voy a decir que son malas. Pero con cierto potencial. Lo que no sabe lo inventa...

Podría haber elegido entre diez alumnos más aplicados que yo. Pero quería al que se sentaba en el fondo, supongo. En un internado sólo puede haber una persona verdaderamente sensible al sufrimiento del alumno altivo del curso, y es el profesor por vocación. A los tímidos siempre los protege alguien, aunque sólo sea para servirse de ellos. Y los fuertes se protegen solos. En el medio quedan los enmascarados, los que se han inventado un personaje y jamás terminan de estar a su altura, los frágiles que pasan por soberbios. El buen profesor ve por encima de las cabezas despeinadas, de los proyectiles de tiza, de los siseos malevolentes, mira sobre su propio sueño condenado, hora tras hora pedagógica. Y allá al fondo hay un muchacho enclenque de grandes ojos alertas, el muchacho que finge saber más de lo que entiende. Quizás por eso Polli se fijó en mí.

—Le va a hacer bien, amigo —me palmoteó en la espalda; tenía una mano sorprendentemente liviana para alguien con tanta personalidad: una mano de esas que llaman «de artista»—. Le va a hacer bien leer cosas nuevas y hablar en el seminario. Hablando es como se desatan los nudos en la garganta, ¿sabe?

Y se indicó la piel colgante en su manzana de Adán.

Digo poco si digo que llegué a admirarlo, con una de esas devociones adolescentes: mudas, perrunas. Sí, aunque luego me repugnase, y todos estos años lo haya negado, sería más honesto reconocer que lo amé.

* * *

—¡Maestrito! Imítate al profesor —le ha ordenado Lucio a usted, aquí en el Oliver, cinco años después.

Me parece inconcebible que este hombrecito maloliente pueda ser convocado a imitar al profesor Polli. Por mucho que se parezca, físicamente, a aquel docente pleno de espíritu y fuerza intelectual. ¿Cómo podría remedarlo este tramposo que fuma colillas de puro recogidas en un urinario? La distancia entre ambos parece la que va de un cadáver al alma que lo habitó.

Usted escucha la orden de su amo, sobresaltado. Y reacciona mirando sobre su hombro, buscando alguien más a quien endosarle la tarea de esa imitación. Por un momento parece que planeara huir. Pero, ¿adónde huir en esta noche cerrada? Aunque nadie podría asegurar que no estaba haciéndose de rogar, más bien, cuando se vuelve atusándose el ala larga del bigote, y se endereza en el traje café tornasolado, y se peina las cejas con un dedo, coqueto y halagado. Resulta irresistiblemente cómico.

—Y ustedes presten atención, huevones ignorantes —ordena Lucio, haciendo callar a sus contertulios—. El maestro va a darles una clase, a ver si se cultivan.

Usted empieza a hablar. Lo hace en voz bajita y rápida. Parece ese recurso teatral —y pedagógico— con el cual actores —y maestros— obligan a que se les preste atención. Todos hemos tenido que acercarnos más e inclinarnos sobre las copas y los ceniceros, y callarnos la boca, para intentar escuchar lo que usted nos dice desde la otra punta de la mesa. Pero ni aun así entendemos nada. Ni aun cuando, ya capturada nuestra atención, el maestrito va subiendo la voz y gesticulando ampulosamente para subrayar lo que nos enseña.

No se me ha olvidado. Y sin embargo no podría reproducir ni una palabra de su lección. Lo más fácil sería culpar a los años transcurridos. Declarar esa debilidad progresiva de la memoria que padecen quienes empiezan a decir aquello de «en mi época...». Pero no tengo esa excusa porque la voz del maestrito sigue sonándome en el oído y haciéndome reír hasta las lágrimas. Suena hueca, chapoteante, como si se le hubiera despegado una prótesis dental.

Y esa prótesis fuera la del lenguaje exacto y bello de aquel profesor original, arrancado de su boca por un torrente de malas palabras. De expresiones de doble sentido. Pero, ¡qué digo!, si sólo tienen un sentido: son los chistes más procaces, las bromas más nauseabundas que haya oído jamás.

Sin embargo, mentiría si dijera que la lengua del maestrito, obviamente adiestrada en lamer letrinas, carece de autoridad. Al contrario, hasta posee una suerte de sabiduría natural. Como si el maestro (lo pienso ahora) fuese un adelantado, anunciándonos el lenguaje de un porvenir que ya nacía entonces.

Esta farándula verbal. Este cantinfleo magistral. La boca va más rápida que el pensamiento, emitiendo una revoltura de palabras hermosas y puteadas sucias hasta la arcada. Interjecciones y frases sueltas, descoyuntadas y encabalgadas al azar (o con una lógica que nos elude). Por esperpéntico que sea, yo, en secreto, debo reconocer que Lucio tiene razón. Este maestrito no imita a un profesor cualquiera, sino a aquel profesor de lengua y literatura que tuvimos (si el profesor hubiera sido un Cantinflas afectado por una severa coprolalia). Lo remeda deshonrándolo con esta jerigonza incomprensible de literatura de pasquín, mezclada con francas chuchadas de carretonero. Pero se parece a él, a Polli, oído por el revés, en reversa. Como si este fuera el estiércol que abonaba a su lengua florida. Y el maestrito, como si me oyera pensar, nos instruye claramente, por una vez: la suya es una lengua «pasada por la raja del culo, por el forro de las huevas». Y nos reímos hasta las lágrimas.

El hombrecito ha terminado su cantinfleo fecal con una orden terminante: «Para la próxima clase quiero que todos ustedes, los muy culeados hijos de puta, me pasen en limpio lo que dije». Lo que nos provoca un último ataque de risa.

Si me fuera permitido expresar todo lo que siento, tendría que reconocer que me duele. Que experimento una inesperada lástima, una piedad que no puedo conciliar con mi ira hacia el profesor original. Ni con mi desprecio hacia este doble de pacotilla. ¿Es piedad por este monigote que lo imita? ¿O es lástima indirecta por el profesor imitado? Y en ese caso, ¿para quién es la ira: para esta caricatura grotesca o para el original, como lo creí siempre? ¿Cuáles son mis sentimientos, realmente?

Lucio me conmina a reconocerlo, por fin:

—Yo le enseñé a imitarlo. ¿Qué te parece, compañerito?

Me interroga con el orgullo de un entrenador, de un amaestrador de pájaros, que hubiera adiestrado a un loro para que nos divirtiera con esa charlatanería de retrete.

—¿Verdad que es igualito? ¿Verdad?

Usa tanto la palabra «verdad», Lucio. Tanto que muy pronto ya no se sabe a qué se refiere.

* * *

No estoy seguro de no maldecir la hora
en que acepté la invitación del profesor Polli
para ingresar a su seminario. ¿Quién, en el fondo, si pudiera precisarlo, no maldeciría el momento cuando intuyó que pueden existir vidas
mejores? Sólo para descubrir demasiado pronto que ninguna de ellas sería jamás la suya.

Aunque entonces lo imposible parecía a
la mano. Parecía que vivíamos lo que el profesor, en su constante optimismo de humanista,
nos describía como una «introducción a la felicidad». Bien leída, su literatura universal nos
mostraba que la humanidad avanzaba. Que estaba
cerca, quizás a unos pasos, de merecer su nombre. La manzana de la sabiduría estaba pronta a
caer. No era imposible que le tocara a nuestra
generación recogerla y morderla. ¡Qué privilegio el nuestro! Sería maravilloso.

Los martes a las seis y media de la tarde.
La gran habitación de mi profesor: el biombo,
el atril donde practicaba la flauta traversa, su
«Gabinete de Curiosidades Científicas» (una
oreja de momia, un gatito con dos cabezas con-
servado en formol, una lupa pulida por Spino-
za, nos juraba él). Los libros innumerables en
las estanterías. Sobre el escritorio un platito
con hierbas de su propio huerto hidropónico.
Las compartía con nosotros y con su loro. Hasta juraría que le daba al pájaro la mejor parte.

En las sillas de madera y sobre los baúles camaroteros (baúles «medio mundo», como nos enseñó que se llamaban) nuestro grupo de siete
seminaristas. Anochecer que anuncia la primavera sobre Santiago. Una tinta rojiza chorrea
por la ventana no muy limpia. Los árboles de la
Quinta Normal toman formas amenazantes.
Pero el barrio deprimente y descascarado adquiere un color amable con la noche (cuando
pienso en un hogar, no se me ocurre otro).
Adentro, mi profesor sólo enciende la lucecita
de su escritorio, dejándonos a nosotros en la
penumbra. La luz de la imaginación resplandece mejor en la oscuridad, nos ha dicho. Su voz
de tenor leyéndonos un libro de páginas secas y
delgadas, que se trizan cuando las vuelve.

Primero él nos recitaba un fragmento.
Luego hablábamos nosotros —cada uno tenía
la obligación de comunicar sus impresiones sobre lo que acabábamos de escuchar—. Al final,
nuestro profesor intervenía de nuevo. Nunca
nos daba una clase —era lo contrario que en las
aulas—. En su lugar, nos inducía mediante preguntas, recordándonos una escena clave, inquiriendo si nos habíamos fijado bien.

En *Los hermanos Karamázov*, en el capítulo de la Taberna La Capital, Polli nos invitaba a
tomar bandos. «Si el diablo no existe, y por tanto
ha sido creado por el hombre, entonces éste lo ha
creado a su imagen y semejanza», argumenta en
ese pasaje el escéptico y torturado Iván Karamázov. «En ese caso, exactamente como a Dios», le
responde su bondadoso e ingenuo hermano

Aliosha. ¿Quién tomaría partido por quién? Salí de allí apodando «Aliosha» a un compañero de curso que se parecía al tierno novicio (el mismo a quien los años implacables acabarían asemejándolo al monje Zósima). Llegué a conocer, más o menos de memoria, el Poema del Gran Inquisidor. ¡Ah, si hubiéramos sabido lo que se avecinaba! Y Polli nos explicaba que todo ese «poema» reposaba en un vértice cuya punta era la frase: «¿Acaso has olvidado que la tranquilidad y hasta la muerte son más queridos al hombre que la libre elección?». Ésa era la «punta». Pero el correspondiente ángulo interior, secreto, de ese vértice teníamos que descubrirlo nosotros mismos. ¡Que no insistiéramos! Él no podía revelarlo, nos decía nuestro profesor, misteriosamente.

Cuando Polli soltaba cosas como ésas, no sé si una comprensión, pero de seguro una exaltada admiración, amanecía en nosotros, dilatándonos el pecho y las sienes.

Por entonces debe haber sido cuando se jodió todo. Cundió el rumor de que leíamos a «autores rusos». Tanto saber, profesor, y no supo usted lo obvio. El peligro que se cernía en el horizonte. «Ideas marxistas», lo acusó en consejo de profesores algún colega enemigo. «¡Está pervirtiendo a la juventud, corrompiendo al futuro de Chile!». Nosotros, adolescentes sin pasado y ningún presente, éramos ese «futuro».

Usted no se daba por enterado. No nos advertía. Probablemente habría tenido que prescindir, para hacerlo, de sus bellas palabras. No se dignó a descender de su humanismo.

Y continuó escuchándose el eco de nuestras acaloradas discusiones en la habitación del profesor. Nuestras voces encendidas en esa penumbra con olor a maletas, nuestras polémicas que él lograba provocar, para luego retirarse, sabiamente, al rincón sobre su mecedora, desde donde, pequeño y pícaro, le sonreía al trozo de conocimiento que podía pero no quería descifrarnos.

Cuando el golpe militar de septiembre de 1973, íbamos a leer *La peste*, esa ciudad africana sitiada desde dentro... Pero la peste se nos adelantó. El internado fue intervenido y militarizado de inmediato. Los miembros del seminario las vimos negras: varios fueron detenidos y torturados, uno desapareció, todos fueron expulsados. Todos menos yo. Quizás me salvó ser el menor del grupo. O mi tío, el tutor lejano, el «latifascista», que por esa vez vino desde su fundo en el sur (furibundo) a hacerse cargo del problema. Debe haber tenido buenos contactos, porque a mí no me tocaron. En la degollina general sólo me correspondió una reconvención del nuevo rector militar y la amenaza de que al más mínimo desvío sería expulsado. No me desvié ni un milímetro y conseguí graduarme dos años después. Un caso exitoso de adaptación —éxito premonitorio, que ofrezco gratuitamente como ejemplo de tantas adaptaciones contemporáneas.

El profesor desapareció: nadie supo nada más de él. Corrieron rumores: que había huido al exilio y sentaba cátedra en Bolonia,

que se pudría en una cárcel austral, en Punta
Arenas. (Que había sido torturado hasta la
muerte y su cadáver arrojado a un volcán). Lo
cierto es que nunca más supe de él. Hasta esa
noche de cinco años después, cuando me encontré con su doble en el Oliver.

Si alguien volviera a preguntarme cómo
es que pude llegar a odiar a aquel profesor
ejemplar y excéntrico, puro y extraño que me
transformó al inocularme la pasión por el lenguaje, odiar a alguien a quien admiré tanto (tanto,
que sería más honesto decir que lo amé), tendría que responder con ese enigma de su desaparición.

Fuera cual fuera su destino, usted se había ido y me había dejado solo. Me ayudó a
formular las bellas preguntas y me dejó con las
horrendas respuestas. Usted me animó a leer y
a pensar. E incluso más: me animó a esa forma
superior del pensamiento que es soñar. Y después yo había despertado en un mundo donde
«la belleza de la literatura» era una mala broma
(peor: un chiste siniestro).

Tener quince años y que le hayan prometido a uno «el amanecer de la humanidad»,
a la vuelta de la esquina. Y que luego le digan
que va a pasar los próximos diez en una ciudad
donde el toque de queda sonará —inaudible e
inflexible— cada medianoche. Nos dijo que vivíamos una «introducción a la felicidad», y par-
tió para dejarnos al comienzo de una juventud
que transcurriría en «estado de sitio», de «con-
moción interior» y de «guerra interna».

¿Que cómo mi amor por usted pudo convertirse en este odio, en esta ira que ansía encontrarlo y desenmascararlo, para vengarse?

¡Cómo no iba a odiarlo! ¡A la mierda con sus lindas humanidades! (Venga a ver ahora a la «humanidad» animando a la brutalidad). ¡Métase por el culo sus imitaciones de generales, caballos y cañonazos! (Venga a oír ahora los disparos anónimos, el relincho mudo, el silencio). ¡Me cago en su gloriosa lengua, profesor! (A menos que todo haya sido puro humor negro).

Sobre todo: a la mierda con sus bellas palabras, que no nos prepararon para las malas.

¡A la mierda con usted, profesor!

Supongamos que me preguntaran algo más superficial (acorde con los villanos gustos reporteriles de esta época). Por ejemplo: ¿por qué me quedé con esa gentuza aquella madrugada de cinco años más tarde, en el Oliver, y los acompañé y serví durante las siguientes semanas? Por toda respuesta tendría que remitirlos, también, a aquel odio. Me quedé para tener la oportunidad de escupírselo a alguien a la cara. Aunque sólo fuese al rostro patético del hombrecito que caricaturizaba al hombre que amé.

* * *

Pronto, sin embargo, la mesa del Bar Oliver ha caído en un nuevo silencio. Uno largo, de esos que se explican con la frase «pasó un ángel».

¿Qué ángel caído habrá pasado por el Oliver comunicándoles a mis nuevos «amigos» esta torva melancolía, esta presumible anticipación de un futuro cercano donde no existirán? Sus frías alas de un fieltro oscuro...

Por romper ese silencio incómodo o revelador, o porque ya —tan pronto— me juzga de confianza, Lucio interviene interrogando a sus compinches en la mesa:

—¿Y qué tal si contratamos a mi compañerito de colegio en nuestra producción?

Lo ha propuesto a los demás como si verdaderamente necesitara su consentimiento. Y aguarda la respuesta del grupo con los ojos castaños un poco desorbitados por la ansiedad. Aunque a todas luces no hay aquí nadie capaz de atreverse a decepcionar su entusiasmo. Y, en efecto, Octavio de Silva se apresura a celebrarlo:

—¡Gran idea! Este muchacho hermoso podría ser el jovencito de la película. Me lo veo clarito en el casting...

Lucio lo interrumpe, con profundo desprecio (con el desprecio profundo del que «se cree la muerte»):

—Vos donde te lo veís clarito es en el culo.

Y prosigue:

—Yo creo que mi compañerito podría tomarle apuntes al maestro, ayudándolo a escribir el guión. ¿Verdad que es una idea genial? ¿Verdad?

La verdad es que nadie va a negarlo. Ni yo, aunque no entienda una palabra de lo que hablan. Excepto la equívoca nostalgia de Lucio, que me palmea la espalda empeñado en que yo vuelva a tomarle apuntes a nuestro profesor (aunque éste sea un falso profesor). Pero, ¿apuntes de qué?

—Vamos a brindar por *La gran talla de Chile*—exclama Lucio.

* * *

Talla. En todo el idioma, «tallar» significa cortar. De allí que una figura humana cortada en madera sea una «talla». Y que, por extensión, una talla sea una «medida». En cambio, en el dialecto de Chile —que sólo los chilenos no saben que lo hablan—, «talla» es sinónimo de broma. O sea: nuestra medida es la broma. Se toman en broma las medidas; o las medidas son un chiste. De allí que sea difícil «dar la talla», en el sentido de estar a la altura (y también de corresponder a la escultura que quisiéramos tallar de nosotros mismos). Más bien se usa lo contrario: esconder la talla, el tamaño real, de modo de no superar —visiblemente— a nadie. Embromamos a los demás haciéndoles la broma de fingir que los vemos mayores de lo que son; o, cuando menos, que los vemos de nuestra talla. El que se lo cree se embroma.

Hay tallas pesadas, siniestras incluso. Pero siempre se las acompaña de un «¡pero si era talla, compadre!». Entonces es imprudente enojarse. El que se enoja —visiblemente— pierde (porque ha querido agrandar su talla). Y el tallero, por pesado que sea, es celebrado.

* * *

Lucio toma la botella de champaña vacía y la mete boca abajo en la hielera con forma de sombrero de copa. Llama a gritos al mozo pidiendo otra; ¡y que sea Mágnum! También pide una botella de whisky. No hay manera de imaginarse cómo tolerarán la mezcla. Salvo imaginando que duermen hasta muy tarde, que duermen el día completo, hasta empalmarlo con la noche de mañana. Una cadena de noches como ésta, atada al cuello de esos días faltantes. Pero las botellas nuevas, o mi «sangre nueva» incorporada al elenco de esa «súper-producción», han reanimado al grupo, que se atropella sobre los vasos y las copas, y sobre mi humilde persona, para explicarme el gran proyecto —confidencial, eso sí; discretísimo debo ser— en el que están envueltos.

Van a filmar una película. Entre todos. Humorística. ¡Humor es lo que necesita el alicaído cine nacional! Hablan todos al mismo tiempo (pero discretamente, que las otras mesas no se enteren, que no les roben la idea). Me marean con detalles, con alianzas y coproducciones, con cifras. Hay apoyos «contundentes» y subsidios «millonarios». Compromisos «del más alto nivel». Todos están comprometidos. Me doy cuenta, vagamente, de que sólo enterarse de todo esto ya resulta comprometedor.

(Intento poner en orden mis ideas. No es fácil con tantos tragos. Lo mejor será mostrarlos de frente y de perfil, con una escala antropométrica tras la cabeza. Al fin y al cabo, es el retrato que más les conviene: el de esas rondas de presos que hace la policía. Además, así será más seguro para quienes nos observan desde la dichosa terraza, inadvertidos tras el vidrio blindado del futuro).

Lucio Echeverría Covarrubias pone los contactos y el dinero. Es el productor. Octavio de Silva es el director. En algún momento me susurra que estudió en Alemania con Leni Riefenstahl, ¿la oí mencionar? Fue en 1935. Él tenía veinte años en esos días, como yo ahora. La vida por delante. En ese momento no tengo idea de qué me habla, pero igual me parece imposible (la juventud de un viejo siempre nos parece imposible). El Doc Fernández, flaco, cadavérico, cetrino, será el galán. No tiene experiencia en la pantalla pero sí mucha como periodista radial, me afirman (una radio en la esquina del dial, un locutorio forrado con cajas de huevos, un entrevistado que no llega; y el olor a zapatos). Magali, la Mariscala, es «la atracción madura», y al mismo tiempo se ocupará de reclutar el casting. «Como tienes experiencia con reclutas», le grita el Doc, mientras intenta meterle una mano entre las piernas.

Vanesa es la estrella invitada. La revelación. Me lo creo. Su vestidito azul de colegiala, subido hasta las ingles, ya lo revela todo. Su edad es más difícil de consignar en esta ficha. Podríamos quitarle a la niña la mitad de la inocencia y sumarle el doble de experiencia. Y nos quedaríamos cortos, en ambos sentidos.

En medio de esta confusión, de este torbellino de entusiasmo y sueños de grandeza —pues soñando todos se han despertado, y hasta parecen más grandes—, sólo atino a preguntarle a Lucio por el maestro. Qué papel le corresponde al personajillo del bigote disparejo, y la lengua tan incomprensible como sucia, en esta «refundación del cine nacional».

Lucio me queda mirando, menea la cabeza, el grueso labio inferior sobre el que asoman los sanos dientes equinos cae un poco, como si lo decepcionara mi estupidez.

—¿Todavía no te dai cuenta de que es un genio?

El genio creativo, la inspiración del grupo, me revela Lucio. Y me toma otra vez por la nuca, obligándome a mirar bien al hombrecito que, en la otra punta de la mesa, gesticula, discute con todos, se opone terminantemente a algo y enseguida lo consiente. Mientras mata y se muere de la risa.

—El maestro es una mina de oro —me afirma Lucio.

Y él su descubridor. Bastará ponerlo en la pantalla e inventarle un pequeño guión que hile sus chistes, y algunos actores que los representen, y tendremos un cómico irresistible que hará reír al país entero, ¡a la América entera!, con sus ocurrencias. Un Chaplín, un Cantinflas, un comediante chileno, al fin (en este país tan serio). Lucio va a financiar un corto para empezar, para ir promocionándolo y vendiéndolo. Se llamará...

—*La gran talla de Chile.*

Y Lucio se caga de la risa. A él se le ocurrió el título, mientras le estaba enseñando al maestrito a imitar a nuestro profesor. Y me acerca la boca al oído para preguntarme si capto, si «cacho» el doble sentido.

—¿Te dai cuenta? *La gran talla* de un paisito tan chico.

Me cuesta reírme con él. Aunque lo intente, no me parece gracioso. O la gracia es más bien sutil, casi triste de tan delicada. Al punto de que uno se pregunta si pudo ser este hombre acaballado quien inventó ese título. Cabe la posibilidad, por cierto, de que el proyecto completo no sea más que una tomadura de pelo, que han improvisado a costa mía. O cuando mucho una estafa en germen, aguardando por el ingenuo apropiado que la compre.

Adivinando mis dudas, Lucio se vuelve hacia mí, me toma la cara entre sus gigantescas manos, dice que me va a hablar a corazón abierto o a calzón quitado:

—Hay un solo problema, compañerito —y yo casi no necesito que me precise cuál—. El maestrito es un genio. Pero es un genio tan huevón que no se da cuenta. Alguien tiene que ayudarlo a escribirme el guión.

Estaba atascado en ese problema. Él mismo lo habría escrito, tomándole apuntes cada vez que el maestro abre la boca para decir un chiste o imitar al profesor. Pero no tiene tiempo (sus múltiples negocios lo reclaman). La maravilla es que ahora he aparecido yo. Un ex alumno del INBA. Un ex alumno del profesor original. Un compañerito. Y ahora estudiante de literatura. Él sabe bien que yo podría hacerlo a pedir de boca, «con la educación excelente que nos dieron». Tenía este problema y la noche me trajo a mí. Qué más podría pedirle a la noche.

—¡Hazlo por el colegio! —me ruega, poniendo la cara boba que ponen los ex compañeros cuando descubren que, en sus vidas, lo único bueno fue el colegio.

Y de pronto se pone a cantar, a voz en cuello:

—«Como un padre supiste orientarnos/ y fundirnos en noble amistaaaaad:/ ¡Dondequiera la vida nos llame,/ cual hermanos sabremos obraaaaaar!».

Es una estrofa del himno del internado. Y, sin duda, no es la primera vez que lo entona en esta mesa. Porque enseguida anima a sus contertulios a seguirlo, coreando el estribillo que, increíblemente, todos parecen saberse (aunque, bien mirado, más increíble sería que no supieran lo que su jefe desea que sepan). En un segundo estamos todos aullando bajo la batuta de los grandes dedos de Lucio. Yo también, me duele reconocerlo:

—«Internado, tus hijos te brindan,/ pues te deben cultura y virtuuuuud,/ lo que es flor de hidalguía en las almas:/ gratitud, gratitud, gratitud».

«¡Gratituuuuud...!», termina el coro salvaje. Y Lucio me besa en la frente, emocionado.

Debería marcharme ahora. Dejarlo hasta aquí. Todavía estoy a tiempo. Pero algo me ata, y me pierde. En medio del jolgorio de los brindis he descubierto al maestrito observándome desde la otra cabecera de la mesa. ¿Sería exagerar decir que hay tristeza en su expresión? Quizás sea todo lo contrario: sorna. Acaso sólo está pensando en una buena talla: lo rápido que yo me he vuelto parte de su chiste. Como sea, es una expresión enigmática —detrás de la cual puede esconderse mucho, o nada—. Una mirada detrás de la cual puede estar incluso usted, maestro.

Un «usted» en el que creeré sorprenderlo otras veces, durante las siguientes semanas. Cuando buscaremos por las noches sin fondo de Santiago *La gran talla de Chile*. El humor negro, los chistes pesados que preparaban la liviana gracia del porvenir.

4. La vida nocturna

¡Ah, sir! Ustedes, los habitantes de la ciudad,
no pueden penetrar en los sentimientos de un cazador.
Drácula, BRAM STOKER

Agosto, hace mucho frío y no ha llovido
en todo el año. Flota apenas, de vez en cuando,
una llovizna sucia que agrava la polución. La ciudad de Santiago de Chile yace humeando en su
valle, tosiendo y boqueando entre hollines roji-
zos, ocres, negros (flemas, esputos, desgarros le-
chosos). Es un invierno particularmente helado y
la inversión térmica atornilla la tapa de polvo y
gases sobre el profundo valle. En los hospitales
hay muchos niños y ancianos enfermos; caen in-
toxicados los pájaros de los árboles. Tantos humos hacen que la ciudad, que la realidad incluso,
se vea en blanco y negro. Como en estos diarios,
hechos de noticias de las que dudará la historia,
donde la actualidad destiñe, manchando las manos con un carboncillo pegajoso. O como en estos televisores imposibles de sintonizar, cuyas
imágenes aparecen acompañadas por un «fantasma», borroneadas, desdobladas.
Doble. Palabra y motivo favorito de estos años. Los programas televisivos de *Sábados*

Gigantes, por ejemplo, generan enormes audiencias, embelesadas con los concursos de dobles. El maestrito —lo sabré luego— suele verlos parado ante las vidrieras repletas de televisores encendidos en la calle Estado. El tema, casi siempre, son los actores de cine extranjeros, como Charles Bronson o Raquel Welch (duplicar a un personaje de la vida nacional es más peligroso). Don Francisco, el animador, que en algunas tardes de estos sábados eternos parece oficiar, más bien, de reanimador nacional, alienta a todo aquel que se parezca a alguien (que parezca ser ALGUIEN) a venir corriendo hasta el estudio. Acuden multitudes. El altísimo desempleo favorece la imaginación. Lo único que queda por vender, a veces, es la identidad. Y se dan casos de identidades perfectas; es decir, de una completa sustitución.

Sensación de irrealidad cuando paso en mi taxi, al anochecer, frente a los estudios de televisión, por la calle Bellavista, y todavía quedan docenas de dobles alineándose ante las rejas, haciendo largas esperas para las audiciones. Para que se les permita ser otros.

* * *

La tarjeta de visita del maestrito. Durante una semana llamé al número indicado en ella. Y nada. Esa tarjeta que él me entregó por orden de Lucio, cuando amanecía y nos despedíamos tras aquella primera noche en el Bar

Oliver. Me la encontré en un bolsillo, después de entrar haciendo eses al estacionamiento de la Central de Taxis, esa mañana.

«Víctor Jiménez-Polli (R)». La tarjeta —la recuerdo bien— es de esas piezas de cartulina ordinaria producto de alguna vieja imprenta artesanal. Abajo, en un ángulo, la única seña tan imprecisa que, llegado el caso, no sería posible rastrear: un número de teléfono para dejar mensajes. «3687929 (recados)». Todavía me lo sé de memoria.

Y me sigue desconcertando la coincidencia parcial de los datos que no se unen en un sentido comprensible. Su segundo apellido es el mismo que le conocí al profesor original, en el internado. Sólo que ahora complementa —guión de por medio— a ese desconocido «Jiménez», que usa en primer lugar.

¿Y esa R, entre paréntesis? Víctor Jiménez-Polli (R). ¿Qué significa esto? ¿Que se ha acogido usted «a retiro», remedando a los oficiales de las fuerzas armadas cuando pasan a sus cuarteles de invierno? (Peligrosa jugarreta sería ésa, en estos tiempos). ¿O quizás la R significa, sencillamente, «revés» como en «al revés»?

No es que espere demasiado de esta tarjeta, tampoco. Y menos que nada una identidad. Una tarjeta la puede imprimir cualquiera; los apellidos no son de nadie. Por ejemplo yo, en esa época, colecciono carnés de identidad. Tengo mi pase de transporte para estudiantes. Y mi carné de biblioteca. Y mi licencia de conducir. Y la cédula que acredita mi identidad civil.

Y la del Club Deportivo de la Universidad de Chile. Varias otras. De vez en cuando alineo esos carnés sobre la cama y los miro. Todos me dicen que soy yo... Y ninguno me convence. Siento que se necesita más identidad. Este período exige identificarse constantemente. Hay que probar el ser. La convicción de que se es nadie mientras no se pruebe lo contrario. El efecto neto: una duda generalizada sobre la identidad de todos.

Acerca de esos «recados» a los que invitaba su tarjeta, mejor ni lo hubiera intentado. Una voz de mujer siempre somnolienta, cascada, tomaba los mensajes. ¿La voz de una amante revenida, de una secretaria que hace demasiadas horas extras, de una recepcionista de un hotel de mala muerte? Fuera quien fuese: o no le daba mis recados al maestro, o él no quería contestarlos. Tal vez sabía lo que yo quería preguntarle.

Ya pensaba que el maestrito desaparecería definitivamente de mi vida —doblando hasta en esto al profesor original— cuando, un mes después, usted se digna telefonearme. Parece excitado, apurado. No hace alusión alguna a mis mensajes. En el trasfondo percibo el rumor de lo que podría ser una oficina atareada y bulliciosa; las voces urgentes en una sala de redacción o un set televisivo. Como también puede ser un teléfono público junto a la barra de un restaurante concurrido.

—Al fin se ha resuelto el papeleo. No te he llamado antes porque andaba en viaje de negocios —me comunica, con una voz engolada que imita, acaso, la de un gerente de banca (pero banca en el sentido de esos escaños de plaza de provincia donde se sientan los jubilados).

Antes de que pueda protestarle algo, agrega que mi contrato ha sido cursado. Yo he hecho «gran impresión entre sus asociados». Lucio confía en mí plenamente para este encargo. El asunto requiere, precisamente, a alguien «de confianza».

—¿De qué se trata? —le pregunto, intentando darme importancia yo también (voy aprendiendo sin quererlo, rápidamente).

La voz se abarata de inmediato, cae de la banca a los bajos fondos:

—¿Ya se te olvidó, pendejo pajero? ¡Vai a ayudarme a escribir un guión!

Atrás, ahora, creo oír risotadas y, claramente, las fichas de hueso de un dominó. El chancho seis vigorosa y triunfalmente estampado sobre alguna mesa húmeda de vinos. Yo intento mantener mi falsa valentía bajo el ataque, aunque me he estremecido:

—¿No será esa película huevona?

—¡Huevona será la puta que te cagó! —me espeta usted, y enseguida baja la voz, cambia de acento y tono nuevamente (¿cuántos acentos y tonos puede plagiar?), me susurra con la voz almohadillada, como si hubiera tapado el auricular con una mano para que no se enteren quienes lo estén escuchando—. ¿Acaso no quieres ingresar a la industria de los sueños, pajerito?

¿Estará tomado? ¿Drogado? ¿Será en realidad lo que por momentos parece: un esquizofrénico? Aunque quizás todo sea más simple. Es una broma del mismo grupo que aquella noche se divirtió conmigo. El barullo del restaurante (concluyo que es un restaurante) se hace más intenso. Un pitido agudo interrumpe la comunicación. El maestrito sube la voz, engolada de nuevo:

—¡Vas a tener el cargo oficial de asistente del guionista! Eso sí, debo advertirte que aquí trabajamos de noche.

Y yo caigo en la trampa. Muestro la edad —y la necesidad— que realmente tengo. Edad y necesidad de creer.

—Pero no sé si me van a dar permiso en la empresa. Y mis estudios... —alcanzo a protestar.

—Lucio habló con tu compañía... Se te contrata con taxímetro libre. Por el sueldo no te preocupes, pajero —insiste en llamarme de ese modo grotesco—. Los recursos sobr...

Un pitido más largo y la llamada se corta. Sin duda, los recursos sobran, pero no las monedas. A pesar de todo, siento una excitación y un entusiasmo viscerales. Algo similar (¡que Dios me perdone!) a esa vez, cuando el profesor original me propuso unirme a su seminario.

Por fin pasa «algo», aquí donde no pasa nada. Sueño con fuerzas desconocidas, inesperadas, quizá irreversibles, que ponen en movimiento mi vida. ¿Adónde me llevarán?

* * *

Pajero. Expresión tan corriente (hoy es incorrecto decir «vulgar») que ya casi no se usa en su acepción original de masturbador. Ahora todos, menos el diccionario, lo dicen del soñador. Aquel o aquella que se permite soñar con otro mundo es un pajero. Para los realistas, el que fantasea es un onanista. La imaginación equivale a onanismo, masturbación, paja. Paja que no es trigo, con la que no se puede hacer pan, que es lo que pide el cuerpo (del alma sólo hablan los pajeros). Mientras que los sueños sólo servirían, si acaso, de forraje para caballos. «Ya, huevón, déjate de escribir huevadas raras. No seái pajero».

* * *

A una ciudad que ya no existe. Allá me llevó el maestrito. Y a «retirar prendas». Es el eufemismo con el cual usted me explica nuestro cometido. Al principio no entiendo nada. Esperamos hasta que suene el toque de queda, a la medianoche, y, cuando todo el mundo se recoge, nosotros salimos a rondar las calles desiertas. Abordamos mi taxi y nos hundimos en la oscuridad. Buscamos ciertas direcciones en barrios periféricos, detrás del Matadero, calles empedradas más allá de los Arsenales de Guerra. Señas que usted me va leyendo de una sección especial en su celosamente guardada libreta roja. Al llegar a cada sitio descendemos y golpeamos ruidosamente la puerta de la casa de adobes o el conventillo en cuestión. Usted no se anda con timideces en esto. Su costumbre, lo he notado desde el principio, es empezar con tres timbrazos urgentes. Si no se le abre de inmediato, hunde el dedo en el botón, definitivamente, y llama a grandes gritos al dueño o dueña de casa por sus nombres completos, que también ha consultado en la libreta. Rara vez o nunca se asoman los vecinos antes que el afectado le abra. Entonces Víctor Jiménez-Polli (R) procede sumariamente (hasta se diría que con cierto urgente placer). Anuncia que viene «a retirar la prenda» y pasa directamente al saloncito, al dormitorio, a la cocina. Casi siempre se trata de casas pequeñas y usted conoce de antemano —obviamente— la probable ubicación de lo que venimos a llevarnos. También es obvio que los dueños de «las prendas» vienen temiendo desde hace mucho nuestra visita, porque muy rara vez nos oponen una efectiva resistencia. Más bien nos ofrecen una resignada colaboración ante lo inevitable.

Si hubiera resistencia nuestra peculiar pareja poco podría hacer. Un viejecito minúsculo con el bigote teñido, enfundado en un traje café tornasolado que adorna una corbata de humita amarilla, y un joven taxista demasiado flaco no podrían constituir una amenaza para nadie. Forzoso es concluir, entonces, que nosotros «representamos» la amenaza. Como los sacerdotes o los embajadores, somos los enviados de un poder superior que no condesciende a la obviedad de usar sus propias fuerzas. Prueba de ello es que cuando la resistencia se produce, bajo la forma de algún tironeo sobre la prenda, o algún llanto excesivo, o una súplica en nombre de los niños (cuyos ojos enormes nos miran desde el dormitorio), el maestrito responde siempre con la misma fórmula elegantísima, si bien el acento no deja de ser patibulario: «¿Debo entender que usted prefiere que vengan ELLOS?».

Y usted acompaña ese ELLOS con un gesto vago. Un ademán que tanto puede significar la noche entera como las patrullas militares que a veces nos detienen, y nos dejan ir cuando el maestro enseña cierto documento arrugado, que nunca me deja ver.

Luego de un par de andanzas como ésta, estoy listo para renunciar:

—No soy un cobrador de usureros. No me hablaron de esto...

Me he estacionado frente a la puerta del edificio donde usted me ha dicho que vive, en la calle Miraflores. Una mole oscura, tras cuya reja historiada se acumulan la correspondencia sin abrir y unos folletos de propaganda. Un letrero de papel resquebrajado y desvaído señala que el edificio completo está en venta y que se trata de una excelente oportunidad para «demoler y construir». Usted ha vuelto a abordar el taxi luego de bajarse para guardar allí un par de esas prendas que acabamos de «retirar». Y en lugar de aceptar mi renuncia se retuerce el ala larga del bigote, antes de asaltarme con esta ocurrencia:

—¿Sabís por qué a los hombres inteligentes nos gusta casarnos con enanas de cabeza plana?

Me quedo cortado. ¿Acaso considera tan inútil discutir mi renuncia que le basta con tomarme el pelo? ¿Será que mi primera aceptación implicó alguna suerte de pacto de sangre que ya no es posible deshacer —salvo pagando algún rescate altísimo, que él adivina yo no estaría dispuesto a abonar?—. ¿O simplemente es que no me oyó?

—¿Sabís por qué, sí o no?

—No.

—Porque así tenemos donde apoyar el vaso de whisky mientras nos están chupando el pico.

Y estalla en una carcajada. Una de las suyas, como si un pájaro enjaulado le aleteara en el tórax, intentando escaparse. Debe hacerse daño riendo. Tose, se atora, pide aire, le corren las lágrimas. El Fiat 125, que no es nuevo, se mece un poco sobre los amortiguadores vencidos, con sus convulsiones. Ofreceríamos una impresión equívoca: el muchacho y el viejo en el automóvil de alquiler, con todo ese movimiento y esos ruidos ahogados tras los vidrios empañados. La ofreceríamos si no fuera imposible que alguien nos vea en la calle a estas horas prohibidas.

Por mi parte, el chiste del maestro no me ha provocado la menor hilaridad —así me ocurrirá con la mayoría de sus bromas—, sino más bien una irritación que él no puede menos que ir reconociendo, pues por fin se calma y me dice:

—Anota, cabro huevón, anota. Tu trabajo es anotarme los chistes.

Estoy a punto de mandarlo «a la cresta» (lo que en otros sitios es lo máximo y lo más alto —la cresta de la ola, el escudo de armas, *the crest*—, en Chile es irse a la mierda). Titubeo y finalmente no sé si me gana la precaución —nunca exagerada en estos tiempos— o la curiosidad —nunca más peligrosa que ahora—, pero lo cierto es que no le ordeno bajarse. Puede que ni precaución ni curiosidad. Puede que sea una fascinación paralizante. Pues, al limpiar con el antebrazo el parabrisas empañado, he movido sin querer el espejo retrovisor. Y ahora éste me descubre, con la incierta ayuda del farol callejero, esa marca en su rostro que usted se esmera celosamente en tapar. La brocha larga del bigote disparejo y teñido ha quedado un poco alzada, mostrando una cicatriz de unos cuatro o cinco centímetros que sube desde la comisura izquierda de la boca. Un costurón blanquecino, tumefacto —bajo esta luz—, que produce la impresión de que ese lado de su cara se está riendo constantemente. Me explico, ahora, esa expresión contradictoria que ayuda tanto a sus chistes cochinos. Como si la mitad de usted gozara con ellos mientras la otra sufre una arcada. Podría deberse, especulo mientras lo estudio subrepticiamente (usted se ha enfrascado en la revisión de su libreta roja), a una mala cirugía dental, lo que explicaría la depresión que agrava el resto de la mejilla.

O podría ser, y esto ya es pura y legítima fascinación, lo que el hampa llama «la sonrisa eterna». Esa venganza practicada en las cárceles y los callejones, especialmente contra los delatores, que consiste en agrandarles la boca abriéndoles las mejillas desde las comisuras con una navaja. Si éste fuera el caso, maestrito, alguien decidió que a usted no valía la pena dotarlo de una sonrisa completa, en ambos cachetes. Para usted, maestrito, bastaba con esta media sonrisa: irónica, casi triste, pero eterna.

* * *

Televisores o radios muy usados (la electrónica oriental, desechable, aún no nos bendecía). Ropa corriente (hasta ropa de cama nos hemos llevado). Joyas de fantasía (que el maestro examina después con un monóculo negro, buscando, no sé, algún diamante o perla verdadera, que jamás encuentra). Muebles desportillados. De esta clase son las prendas que nos llevamos.

Cuando se trata de muebles, normalmente nos espera también, en la dirección concordada, otro hombrecito. Aunque a éste habría que llamarlo, más bien, el hombrón. Porque mide fácilmente un metro noventa y pesa más de cien peludos kilos. Este hombrecito gigante arrastra un carretón de dos ruedas, colgándose, cuando va cargado, de la barra atravesada entre las pértigas. Así corriendo, suspendido y ayudado por el peso que arrastra, es capaz de llevarse un armario o un sofá y dos sillones, sin mayores problemas.

Cuando le pregunto a usted por qué emplea un vehículo tan rudimentario, me contesta indignado:

—¡Hay que rentabilizar la gestión, pajero! ¡Soy responsable del costo-beneficio!

Y se queda observándome. Un ojito verde de este proto capitalista sardónicamente encajado bajo la ceja blanca y peluda, con la que subraya su incredulidad ante mi estupidez. Gesto altivo que, de alguna forma, no desentona cuando agrega por lo bajo: «Este taxista tiene mierda en vez de celebro».

¡Celebro en lugar de cerebro! No sé por qué, pero me suena a predicción, a alguna clase de profecía.

Tan diferentes como son los dos lados de su cara, así parecen ser los conocimientos que Víctor Jiménez-Polli (R) emplea en este negocio. Tiene un ojo infalible para seleccionar los muebles con algún valor, las antigüedades probables, y apartarlos con cierta frase para la cual juzga apropiado un exagerado y misterioso acento francés (pero de camarero de restaurante francés, en Santiago de Chile):

—Cuidadó, pajerrrritó, que estas escenogrrrafiás son parrrra el errrrmitajé.

En efecto, a las prendas que retiramos les aguardan tres destinos diversos que el maestrito asigna con ese ojo experto e inclemente.

Esos muebles de estilo y antigüedades, aquellas «escenografías», como las llama él, las llevamos a un caserón oscuro y en obras de remodelación, en la calle Ejército, en el casco viejo de Santiago. Ese castillejo de imitación es lo que, deduzco, usted llama pomposamente «L'Ermitage», aunque lo pronuncie «el ermitaje».

Los electrodomésticos y aparatos de la «línea blanca» —laudable expresión que confiere una dimensión militar a los artefactos de la cocina— los transporta el hombrecito gigante en su carretón de mano hasta cierta maestranza donde nuestro grupo empresarial tiene sus depósitos.

Finalmente, las chucherías, las alhajas falsas, las ropas usadas, nos las quedamos nosotros. Son nuestro sueldo. El maestro no me lo ha dicho de este modo, pero entiendo desde la primera noche que no debo aguardar otra remuneración.

—Tu sueldo es lo que estái aprendiendo, cabro pajero... —me alienta el maestrito, cuando me quedo observando con desprecio las míseras monedas que acaba de depositar en mi palma abierta—. No vai a tener ¡en tu vida! cómo pagarme lo que te estoy enseñando.

Visto de ese modo puede que no le falte razón. Mi salario no es poco si agrego, al dinero suelto que obtenemos por la venta de estas baratijas, el valor de las fétidas groserías que aprendo de usted. La lengua de la ciudad, que me va lamiendo y empapando mientras lo sigo por sus dobles fondos.

* * *

La maestranza. Un eriazo en Carrascal abajo, el antiguo patio ferrocarrilero de un ramal industrial, donde el tren no volvió a entrar. Aquí traemos las prendas de la «línea blanca» que vamos requisando noche a noche. Nuestro «grupo empresarial» ocupa una gran bodega desvencijada junto a las vías rojizas, tragadas por la hierba mala. Algo me hace pensar que no debemos ser los únicos en este menester. Aunque jamás coincidimos con ningún colega. A lo lejos, dos altas chimeneas agregan su fumarola de residuos al tóxico cielo de Santiago.

La vieja estación se ocupa como oficinas. Pero comprobaré, viniendo de día, que es inútil concertar una cita o buscar empleo. El feroz perro guardián, amarillento, atraillado por una cuerda a un personaje igualmente feroz y tiñoso que oficia de rondín, rechaza a cualquier desconocido. Una escopeta de dos cañones, recortada, un «choco», reluce en el pliegue de su brazo derecho.

Los artículos de la «línea blanca» que traemos conviven —lo atisbo por las ventanas enrejadas— con productos mucho más valiosos. Es evidente que nuestra labor nocturna no es, de ninguna manera, la principal. Entreveo cajones con el velero de Cutty Sark, junto a rumas de botellas del patriótico coñac Tres Palos, con esos garrotes cruzados en la etiqueta. Montañas de revistas importadas no precisamente culturales —*Penthouse, Hustler*— conviven con rumas de una producción nacional no menos interesante: *Viejo Verde, El Pingüino*. Material de requisas aduaneras, junto a decomisos policiales de barrio rojo.

En un costado de la bodega, el Doc Fernández, sentado sobre una carretilla volcada, arma y desarma su pistola Beretta. Es lo único que parece conmoverlo, en esta vida. Sus manitos de gorrión manipulan el arma con la delicadeza de una niña que acicala a su muñeca, cuando me la enseña, enternecido.

Ahora se interrumpe para anotar las prendas que el maestro le entrega:

—Abonado a tu cuenta pendiente, maestrito.

¿Cuenta pendiente? ¿Qué está pagando, usted? ¿Es que nuestra «operación» completa es un gigantesco trueque de deudas y compromisos y lealtades?

El olor de los licores almacenados al fondo del depósito inunda las oficinas y se suma a las lejanas emanaciones de un estanque abandonado de diésel para locomotoras. Vivimos en un ambiente combustible. Lucio se queja cuando aparece. Sin girarnos, sabemos quién se aproxima por el crujido a cuero nuevo de sus zapatos siempre brillantes. Parece que estrenara un par cada semana. «Uno de estos días voy a prender un fósforo y ahí sí que volamos todos por el aire...», nos dice este hombre (que se cree la muerte).

Luego, raspa uno y se queda observándolo, acaso esperando que estallemos. En efecto, la llama parece robustecerse, alimentándose del aire viciado.

* * *

No todo nuestro ajetreo concierne a la requisa de prendas y su almacenamiento. También compramos objetos que no pertenecen a sus vendedores. Y que pagamos con letras de cambio vencidas. El maestro —pronto lo descubro— tiene una auténtica habilidad para ese difícil negocio de comprarle a quien no es el dueño.

Por una puerta trasera del Club Hípico nos entregan trofeos, aperos, fustas y monturas de colección. Hasta un famoso fina sangre embalsamado, que incluso nuestro hombrecito-hombrón tiene dificultades para llevarse en su carretón de mano. Tardamos más de una hora en dejar medio sentado al caballo en la carreta. Por fin vemos al hombrecito bajar por la avenida Blanco Encalada, tomando vuelo, dando trancos casi en el aire, volando en la punta de las pértigas que ha alargado especialmente para aumentar la palanca. Terminamos agotados, pero el espectáculo lo vale, sin duda.

—¿Habíai visto alguna vez a un hombre tirando un carretón, y al caballo sentado atrás? —me pregunta usted, muerto de la risa, y agrega, exaltado—: ¡Llegó la hora de las bestias, pajerito! ¡La hora de las bestias!

Secuestrando objetos tan extraños como ése, poco a poco y sin que usted me aclare nada, voy coligiendo que estas prendas especiales, así como los muebles de estilo y las supuestas antigüedades, conforman, en efecto, posibles «escenografías». Un palacio veneciano, un cuartel napoleónico, un internado de niñas, un establo inglés. No cabe siquiera imaginar qué casa de locos será esa que están decorando con este detritus en el castillejo en obras que usted llama L'Ermitage (pronunciado «el ermitaje»). Aunque se me ocurren incógnitas peores. ¿Y si todas estas escenografías y utilerías estuvieran destinadas a ambientar la película sobre *La gran talla de Chile*, cuyo guión se supone que usted y yo debemos escribir? Si así fuera, la locura de Víctor Jiménez-Polli (R) quedaría probada fuera de toda duda. ¿Cómo diablos espera hacer coherentes sus bromas de letrina con esos ambientes disparatados? Más aún, ¿cómo se le ocurre conseguir los escenarios antes de escribir la historia que ambientará en ellos?

Más tarde he pensado que le debo una disculpa, maestrito. Tampoco en esto era usted un mal pedagogo; también en esto era usted profético. Adaptar nuestra historia a los escenarios que nos van tocando, sin intentar cambiarlos. ¿No consiste en eso el pragmatismo desolado de nuestros tiempos?

* * *

—Usted no siempre fue un doble, ¿verdad? —le pregunto una noche, auscultándolo bajo la lamparilla amarillenta del interior del taxi.

—Dobles tenís las bolas —me espeta el maestrito.

—Usted tuvo una identidad, alguna vez, ¿no es cierto?

Esta ironía debe haber caído fuera de su alcance, porque no la contesta. A menos que sea una respuesta el leve rictus que tironea —creo percibirlo— la cicatriz de la media sonrisa eterna bajo el bigote. Luego deja de hojear su libreta y me dedica una mirada oblicua, en la que se adivina una cierta sorna, una despiadada ancianidad. Un cinismo como el de quien se ha visto morir una vez —no puedo explicarlo de otra manera— y sabe que toda identidad es una impostura provisional. En suma: ¡que soy un veinteañero imbécil!, parece decirme esa mirada. Que nadie sabe quién es.

No obstante, y como tengo veinte años, yo insisto, continúo remedándole su estilo acartonado de las ocasiones serias:

—Sus conocidos son del tipo de los que se hacen (perdón por la injuria, maestrito) durante una estadía en la cárcel.

Y usted, al fin:

—¿Ahí fue donde vos empezaste a prestar el culo?

Este tono brutal, de pandillero, contrasta de manera tan patética con su tamaño disminuido, las perneras a media asta y la calva con los rizos plateados, que no asustaría ni a un niño. Más bien provoca risa. Y usted lo sabe, indudablemente, porque de inmediato abandona el gesto amenazante y vuelve a nuestros mínimos menesteres.

—Hazme la cuenta, será mejor, cabro pajero —me dice—. A ver cuánto hemos ganado hoy día.

Soy yo el que debo sumar al final de cada tarde, en su gran libreta roja, las cuentas de nuestras operaciones comerciales diurnas. Es preciso ser riguroso en la contabilidad. La envergadura de nuestros proyectos así lo exige.

Esta libreta merece un alto. Es una gruesa agenda calendario forrada en cuero rojo. Alguna vez habrá sido de lujo. Pero eso quedó atrás, hace unos diez años, como lo demuestra, sin necesidad de verle la fecha, el cuero raspado y grasiento.

Hemos estacionado el taxi lejos de los faroles de la usina termoeléctrica de Renca. Allí usted me hace un concienzudo preámbulo acerca del inmarcesible valor de esta libreta. Fue adquirida o trocada, me lo detalla, en el mercado de las pulgas de la calle Placer.

—Estaba virgen, en blanco, ¿te dai cuenta?

Esa suerte que tuvo —algo virgen y en blanco esperándolo por años— lo maravilla. Por si fuera poco, el maestro me explica que los días vuelven a coincidir con las fechas cada tres bisiestos, o algo así. De modo que está aguardando a que en unos cuatro o cinco años más la agenda diaria vuelva a ser útil. Mientras tanto, sólo podemos escribir con letra minúscula en las páginas para notas. Y no puedo, por ningún motivo, hojear el directorio telefónico. Ni desdoblar los innumerables papeles y papeluchos sueltos que contiene. Un aire de locura brilla en sus tornadizas pupilas verdes —infernales en la penumbra del auto— cuando me advierte todo eso. ¡Si me llega a ver hojeando esas partes prohibidas seré expulsado de la producción!

Lo más notable, sin embargo, me lo deja para el final: esta agenda que fue de lujo, de cuero mullido —hoy raspado—, con guarniciones de bronce en las esquinas y marcadores de seda, lleva «casi» su nombre en la tapa. En efecto, en el vértice inferior derecho aparecen grabadas en oro las iniciales «V. P.»

¿V. P.? ¿Como en «Víctor Polli»? De pronto, una aprensión siniestra me atenaza: ¿habrá pertenecido esta agenda a mi profesor, al verdadero profesor?

En la oscuridad del taxi, agravada más que aliviada por el resplandor brumoso de la usina termoeléctrica a lo lejos, sospecho que este hombrecito pueda no ser un doble, después de todo. Sino algo peor: un usurpador. Podría ser no sólo un sujeto extraordinariamente parecido, físicamente, a quien Lucio adiestró para que imitara a nuestro profesor de castellano en el internado, y que así le sirviera de bufón —de matador del tiempo— en las largas noches del Oliver. Sino que, acaso, es alguien que conoce o conoció a su personaje. Y que ha abusado de ese conocimiento, de esa amistad, para construirse una identidad nueva que lo libre de la suya; de quizás qué pasado aún más oscuro que el actual. Este hombrecito no sólo le ha robado al otro pedazos del nombre y trozos de su docencia, para caricaturizarlos, sino también sus pertenencias: la corbatita, demasiado parecida a la que usaba el original, después de todo. Y esta libreta, que pudo ser el regalo de despedida de alguna promoción de alumnos (quizás la de Lucio, si las fechas coincidieran). Aunque nunca se la vi al profesor, precisamente por ello podría haber quedado virgen, ¿verdad? (¿Verdad?, como acostumbra repetir Lucio).

La sospecha me deja sin aliento, como cuando nos precipitamos a la carrera por una pendiente y no podemos detenernos. ¿Por qué detenernos en la corbata de pajarita y la libreta? ¿Por qué no podría haberle robado la piel, también? El despojo de su piel hallada en un matadero...

Recuerdo los rumores sobre la desaparición del profesor. La leyenda de que él había sido apresado, asesinado, y su cadáver hecho desaparecer. Pero quizás no fue así. Tal vez fue torturado, obligado a confesar algo, y llevado a la cárcel a esperar su condena. Este hombrecito pudo conocerlo en una celda. Ganar su confianza en esa forzada intimidad de los reclusos. Advertir él mismo el mutuo parecido. Acostumbrado a robar, el delincuente menor no pudo pasar por alto la ocasión de robar algo tan único: la personalidad de ese profesor de instituto que, de todos modos, no podría durar mucho. E imagino sin esfuerzo a mi profesor de castellano, fiel a esa pedagogía que él llevaba hasta la pedantería, colaborando —sin darse cuenta— en su propio despojo. Entreteniendo las horas muertas de la celda en un proyecto «filantrópico»: educar a este sosias analfabeto que le tocó de compañero. Enseñarle «lengua y humanidades». Pulir con ellas esa tabla podrida arrojada por la marea de la ciudad, sin advertir que tallaba en ella una tosca réplica de sí mismo. Que se preparaba una broma cruel, una «talla» en el chilenísimo sentido de la palabra.

Con lo que ya sé de este hamponcito que tengo al lado en mi taxi, de usted, maestro, y sus habilidades de ratero, no me cuesta nada imaginarlo aprendiendo rápido. Sorbiendo esa humanidad que le ofrecían, chupándola hasta el tuétano. Impregnándose lo suficiente como para aprender, incluso, la manera que habría tenido un hombre como él de desbarrancarse, de convertirse en una caricatura de sí mismo.

(¿Que no exagere? Conforme. Me detengo. Mi época —que es la mejor de todas— teme, más que a nada, al exceso de imaginación que fue pasión de las anteriores).

Ocurriera lo que ocurriera, subsiste el dato de las iniciales en esta agenda. Hasta es posible que usted sepa dónde está él.

Con la voz más indiferente que la ansiedad me permite fingir —quizás estoy más cerca de lo que yo mismo sospechaba del objeto de mi rencor—, le pregunto:

—¿Y usted dónde conoció al profesor, maestrito?

Intento presentar del modo más inocente mi pregunta capciosa. Como si fuera obvio que ambos se hubieran conocido, o alguien me lo hubiera dado por hecho.

Víctor Jiménez-Polli (R) hace como que no me oye. Finge que está en ese otro mundo suyo al que a veces se retira. Pero el rictus en su media sonrisa eterna, otra vez, delata que lo he alertado —como si esa sonrisa fuera independiente de usted, perteneciera a alguien más; alguien que lo traiciona.

—¿Te sabís el chiste del curadito que toca todos los timbres en la puerta de un edificio?

Niego resignadamente con la cabeza.

—El borracho llama al primer citófono del edificio y le responde una señora. El borracho pregunta: ¿'tá su marido, doña? Y la vieja contesta: sí, está viendo la tele. El curado toca entonces un segundo timbre y le contesta otra mujer a la que le pregunta lo mismo. Y ella responde: sí, mi esposo está acá conmigo, ¿por qué? El borracho no responde y toca un tercer citófono por el que se oye una tercera voz de mujer: oiga, iñora, ¿'tá su marido? Y ella: no, fíjese que estoy preocupada, tan tarde que es y todavía no llega. Y entonces el borracho, muy esperanzado, le dice: ¡qué bueno, mijita! Entonces, ¿podría salir a ver si soy yo?

Por una vez, al menos, su chiste ha sido «de la cintura para arriba». Es una broma cerebral, diría yo (celebral, diría él), comparada con el estilo habitualmente vomitivo de su humorismo.

Ya me he resignado a que esa será la mejor respuesta que obtendré, cuando usted me sorprende nuevamente:

—Oye, pajero, ¿y qué chuchas te hizo ese profesor que tanto lo odiái?

Lo peor, lo que me deja cortado, no es la validez de su pregunta, sino la precisión con la cual este usurpador de mi profe de castellano ha descubierto y tocado la llaga de mi rencor hacia el otro. Pero, ¿cómo explicarle a una caricatura lo que ni yo mismo entiendo del todo? La manera que tuvo mi difusa rabia contra el tiempo y el mundo que me tocaron de encarnarse (y encarnizarse) en mi profesor.

—Usted no lo entendería, porque es... Porque es... —y no se me ocurre nada más ridículo—. Porque es un huevón iletrado. ¡Y deje de llamarme pajero!

Lejos de ofenderse, el maestrito silba, soplándose las mechas del bigote teñido, apreciando admirativamente mi insulto: «iletrado». Y luego me dice, o más bien tararea:

—Estos eran dos viejos. Uno que prefería las letras y el otro las letrinas. ¿Te conté ese chiste?

* * *

Cinco años antes. Uno de esos martes, al anochecer, en el internado. Llevaba ya un par de meses en el seminario del profesor Polli. La sesión de ese día había terminado temprano. Habíamos leído un fragmento de *El gatopardo*. No el de Tancredi diciendo que todo debe cambiar para que todo siga igual. Mi profesor era más original o más visionario: fue el fragmento en el cual el príncipe de Salina decide casar a su sobrino con la hija del rico del pueblo, unir su familia al pueblo. Me puse de pie, sintiéndome un poco mareado, como si hubiera inhalado demasiado oxígeno y la cabeza pugnara por separarse de mi cuerpo; lo de siempre luego de esas sesiones en las alturas. Me aprestaba a salir junto con los demás, cuando el profesor me llamó:

—Usted, amigo, quédese, por favor.

Eran casi las mismas palabras que empleó cuando me invitó a incorporarme a su seminario. Me volví a sentar sobre el baúl camarotero que nos servía de escaño. El profesor me observaba en silencio. Sus silencios sonaban; quiero decir que eran expresivos. La fina nariz aguileña relucía afilada aún más por la luz rojiza de la lámpara de su escritorio (recuerdo hasta la pantalla de tela quemada, el cordón eléctrico retorcido). Bajo esa luz, y contando con mi expectativa, el profesor se veía un poquito satánico. Inevitablemente pensé que me iba a echar del seminario. Que me diría que había cometido un error incorporando a un muchacho más joven que los otros, que yo iba sólo en segundo medio. Sentí un inesperado y profundo vacío. Sentí que me iban a expulsar del paraíso (parece increíble, pero el paraíso a esa edad pudo ser un grupo de niños exaltados, leyendo y discutiendo de lo que no saben, bajo la dirección de un pedagogo melodramático, en una habitación con olor a maletas viejas). Cuando juzgó que ya me había puesto suficientemente nervioso, Polli me preguntó:

—¿Ya está listo, amigo?

—¿Listo para qué? —balbuceé.

—Para llorar —me espetó Polli, adelantándose, clavándome los ojillos verdes, fulgurantes tras los anteojos con marco de alambre, haciendo rodar mucho las erres contenidas en ese «llorar».

—No lo entiendo, profesor.

—Me entiende perfectamente, amigo. Usted es un cobarde.

—Profesor...

—No se atreve con su fantasma.

Tragué saliva. Hubo otro silencio. Suficientemente largo como para que fuera incluso más agresivo que la provocación que acababa de sufrir. Recuerdo que fue tan largo ese silencio que, buscando evadirlo, pude reparar en cosas que no había visto antes en el vasto y atiborrado cuarto único del profesor: el consabido cartelito con la cita salmantina («quod natura non dat...»), la foto de una mujer joven, irrealmente hermosa, en la penumbra entre los libros (una belleza de otro siglo), la partitura sobre el atril, abierta en la última página de una de esas sonatas para flauta que el profesor tocaba para sí, y que a veces oíamos desde muy lejos, en algún patio del colegio...

Y entonces me largué a llorar. Casi sin darme cuenta. Pero lo que fue más inesperado, y que sí percibí desde la primera contracción del mentón que precedió a las lágrimas, fue que no me daba vergüenza. Simplemente, puse ambos brazos muy tiesos y rectos a los costados del cuerpo, apoyé las manos firmemente sobre la cubierta del baúl, y bajando el mentón tembloroso sobre el pecho —pero sin vergüenza alguna— me dejé llorar.

«Me dejé llorar». La expresión es la apropiada y no la inventé yo. Fue lo que el profesor me aconsejó, desde su mecedora:

—Déjese llorar, amigo, déjese.

Así es que lloré. Cerré los ojos y lloré. Con sollozos largos, hipados, con los mocos cayéndoseme, lloré como no lo había hecho en los dos años que habían transcurrido desde que mi madre murió.

También lloré con rabia, con mucha ira, contenida hasta entonces. Y esto lo sabía asimismo, de algún modo, el profesor, porque me pasó el brazo sobre los hombros (ni siquiera advertí cuando vino a sentarse a mi lado) y me dijo, él, que nunca usaba una palabrota:

—Qué gran cagada.

—Sí.

—No se llevó bien con ella, ¿verdad?

—No.

—Natural. Hijo único del hombre que la había dejado...

—Me decía que yo era... —empecé, pero un sollozo me hizo callar.

—Igualito a su padre, le apuesto.

—Al cabrón, lo llamaba ella.

—Y usted sentía que la odiaba.

—Soñaba con matarla —reconocí, y precisé—: Con un hacha.

El profesor se rió. Yo también me reí, como pude, sorbiéndome los mocos. Alcé la vista y me encontré con sus ojos verdes, los bucles plateados sobre la frente se levantaron un poco —como verdaderos cuernos— cuando alzó las cejas juguetonamente. Un demonio pícaro, celebrando su propia travesura. Me había hecho llorar. Me había provocado a llorar. Como método pedagógico era más digno de un sargento de reclutas italiano que del humanista Polli. Pero yo experimentaba una libertad de sentir que me dolía en las costillas, que parecía no caberme en el tórax.

—Lástima —me dijo, palmeándome la espalda con su mano sin peso y ofreciéndome un pañuelo con la otra.

—¿Lástima qué?

—Que no la vio envejecer, achicarse, debilitarse. Perder ese poder sobre usted.

Lo miré sin entender. Pero seguro de que él sí me entendía.

—El tiempo odia por nosotros, amigo. Nos quita ese hacha. Y perdona.

* * *

Para el maestrito, la requisa de prendas, durante el toque de queda, sólo es un trabajo. Pronto me doy cuenta. Un trabajo que financia su verdadera vocación. Es en las horas previas al toque, en ciertos tugurios que frecuentamos, donde usted empeña su creatividad.

Tabernas, fuentes de soda, *boîtes* y prostíbulos con espectáculo. El maestro se peina con saliva las cejas blancas e hirsutas, se endereza la pajarita amarilla, y entra decididamente al Black and White (avenida Recoleta abajo, abajísimo), ordenándome que lo siga. No debo olvidar, eso sí, que no venimos de farra, que venimos acá para «inspirarnos», me alecciona.

En esta cantina se filmó parte de la historia del Charles Bronson chileno. El doble del actor, me explica usted, innecesaria y orgullosamente. Por supuesto, Víctor Jiménez-Polli (R) lo conoce íntimamente (al doble). Fotografías de periódicos, amarillentas, testimonio de aquella filmación, empapelan las paredes de este bebedero cochambroso. El maestro pide un «potrillo» de tinto y, enseguida, no se lo bebe sino que lo reparte entre conocidos o relaciones que establece en el mismo momento, con la camaradería instantánea de los descastados (la de los perros callejeros oliéndose el culo). Entre sus antiguos conocidos hay un obrero de su misma edad (unos cincuenta y tantos años), musculoso, con el tatuaje de una rosa en el antebrazo derecho. Actuó de extra —por un día— en la famosa filmación que se hizo en este sitio. Y se muestra a sí mismo en una de las fotografías en blanco y negro (como esta cantina) que empapelan el muro desconchado. Aparece borroso, pero no tanto como para desmentirlo. Sobre todo si en la vida real él también se ve borroso, desenfocado, fuera de cuadro.

También vamos a peñas folclóricas donde sobrevive, achaparrada, la «cultura de izquierda». Una en Teatinos, otra en un segundo piso de la calle San Diego. Un cantante tristísimo y rebelde (por eso mismo más triste), haciendo el mismo bis todas las noches: «Te recuerdo, Amanda, la calle mojada...».

La calle mojada, la calle mojada, la calle mojada. Y el amargo vino caliente engañado con azúcar y cáscaras de naranjas.

Aquí o allá, no son tan distintos los amigos —antiguos o recientes— del maestrito. Los extras —por un día— en la filmación de la película del Charles Bronson chileno. O el poeta melenudo, medio araucano, que en la peña nos cuenta cómo combatió hasta el final en el Palacio de la Moneda, con el Grupo de Amigos del Presidente, que acaba de volver de la URSS «clandestino», que milita en un movimiento de resistencia tan secreto que ni siquiera nos puede dar el nombre. Y enseguida nos ausculta por lo bajo, entre sus greñas de poeta romántico, y sonríe, dando a entender que hasta él sabe que ha llevado el mito demasiado lejos. No vamos a vernos la suerte entre gitanos. A estas alturas y a estas horas, él y nosotros sabemos que —especialmente para un poeta, es decir, para gente sin ningún poder de fuego, como nosotros mismos— la resistencia sólo puede ser un mito.

Para la mayoría, la única resistencia posible consiste en la supervivencia. Y el buen humor. Acaso porque es de la misma opinión —con todas sus diferencias—, el maestro le convida más vino caliente al poeta, hasta que éste se ríe a carcajadas, en forma nada de clandestina, y se revela como un humorista corrosivo, que sabe los chistes políticos más crueles, más ácidos, a costa del régimen e, incluso, de la invisible resistencia.

—Chistes ácidos, ¿cachái? —me indica el maestrito mientras el poeta va al baño.

No espera mi respuesta porque debe aprovechar la ausencia del poeta para anotar algo en su agenda. Los chistes, supongo. Ya le voy descubriendo el truco; y enterándome de en qué consiste esta parte «creativa» de nuestro trabajo.

Está robando bromas. Recolecta burlas. Va recogiendo por las calles, como esos cartoneros nocturnos, el humor descartado de su tiempo. Es usted un ladrón de chistes, maestro, nada menos.

Del mismo modo, ya sé que, cuando veo al maestrito secreteándose con los contactos a los que vende enseres miserables, no se trata de aspectos vedados de nuestra operación que deba mantenerme ocultos (o sobreprecios que no quiere compartir conmigo), sino que también allí está plagiando nuevas bromas. Chistes que anota en su libreta y que luego, modificados y refinados —esto es, en su caso, ensuciados y tiznados—, probará conmigo, como con un conejillo de Indias.

Admito que en ese punto lo decepciono de plano. Lo desconcierto, maestro. No me hace reír. Más bien me dan ganas de llorar, a veces. Llorar de vergüenza ajena. Visto tan de cerca como lo estoy viendo yo, asistiendo a sus ensayos de humorista, es posible afirmar que Víctor Jiménez-Polli (R) carece de toda gracia. Que es francamente FOME. Cierto: en ocasiones sus bromas me producen una contracción estomacal. Pero no es la cosquilla con la que comienza una buena carcajada, sino algo más similar al retortijón inicial de un cólico, de una diarrea inminente, cuando hemos comido un alimento descompuesto.

¿A qué se debe esta diferencia de efecto entre aquellas actuaciones en la mesa del Oliver, donde no puedo olvidar que me reí a gusto

—si bien era un gusto brutal el que me divertía—, y sus fracasos de ahora?

Busco explicaciones. Durante las noches eternas, trasladando a Víctor Jiménez-Polli (R) en el taxi, empiezo por la que menos me agrada: me reí allá en el Oliver porque los demás se reían. Por hacer lo que todos. Por el chilenísimo miedo a «desentonar». Por miedo, y basta.

Claro que el miedo podría facilitarme otra explicación, menos agraviante para mí. Si en el Oliver todos nos reíamos era porque allá —presionado por el miedo a sus amigos— usted se arrancaba la gracia como fuera, del fondo de la boca, como una muela podrida. Aterrado por nosotros, por sus temibles amigos y patrones, usted se transformaba en un genio cómico.

Uno de estos dos miedos: el mío o el suyo. O ambos combinados.

* * *

Fome. Carente de interés, falto de gracia y de vida. No exactamente aburrido sino letárgico. Qué «fome»: esta película, esta pareja, esta vida (sin vida). Aburrido o descorazonado, a veces uno se pregunta si acaso el dialecto chileno será el único, en toda la ancha extensión del idioma, que tiene una palabra propia, tan específica y de uso tan extendido, para la falta de vida.

* * *

Mientras tanto, mi preocupación se agrava. Ignoro cuántos chistes y bromas habrá robado. Tampoco sé si será capaz de contarlos con alguna gracia. Pero lo cierto es que no hemos escrito ni una línea del guión de *La gran talla de Chile*. Aunque en el Bar Oliver, bajo la presión del miedo a su público, usted se agigante y se saque quién sabe de dónde la comicidad, eso sólo no será bastante para el guión de la película que se supone debemos escribir. O usted dictar y yo anotar, o usted vomitar y yo limpiar, o comoquiera que se suponga que íbamos a hacer esto. No, no alcanzaría ni siquiera para el corto promocional que Lucio quiere rodar, y con el cual el resto de sus amigos sueñan en esas largas noches durante las que no duermen.

Estamos sentados y en silencio, a bordo del auto negro y amarillo, con la banderita «libre» arriada bajo el tablero. Solemos estacionarnos frente a bodegas cerradas, puertas tapiadas, industrias en quiebra o en «continuidad de giro» (ya he dicho que el país cambiaba a empujones, se verificaba una «revolución silenciosa»). Le pregunto:

—¿Se da cuenta de que ya ha pasado una semana, maestro, y no hemos escrito nada?

El hamponcito vuelve hacia mí su perfil favorable. El que emplea, ya lo he descubierto, cuando quiere vender las baratijas que nos proveen de nuestro «sueldo». De este modo, la nariz aguileña y quebrada casi se endereza, pierde ese aire torvo (y usted se parece más que nunca, indeciblemente, a él, por un momento).

—Lo tengo todo craneado —me afirma, y agrega triunfalmente—: La talla de Chile es lo mismo que la batalla de Chile. Sólo que más corta.

Lo miro sin entender.

—La ba-talla, ¿me cachái?

Y se carcajea solo. Lagrimeando de placer. Hasta que acepta mi total escepticismo, o acaso concede que este chiste no ha sido muy bueno. Porque intenta tranquilizarme:

—No tengái miedo, cabrito. Acuérdate que yo fui de los académicos de la lengua.

¡Es cierto! ¡Lo olvidaba! Esa es la única versión de su pasado que usted ha accedido a contarme. En «su tiempo» el maestrito habría pertenecido a ese gremio melancólico de cómicos de *boîte* subterránea, de humoristas de revista picante, de comediantes de mala muerte (y peor lengua). Y, entre ellos, al mejor de todos los elencos, esos cómicos cuyo léxico excrementicio y purulento —en la más pura tradición del delicado humor nacional— hizo que el público los apodara, con más gracia que ellos, «los académicos de la lengua».

Discúlpeme, maestrito, que ni eso se lo crea. Hasta ese pasado parece mucho pasado para usted. Tal como lo veo, usted podría haber sido un maquillador de cómicos, solamente. Menos que eso: un boletero, un acomodador de teatro rasca, un portero en el Humoresque. Un tramoyista, si acaso. Sí, un tramoyista: un «maestro chasquilla» encargado de pintar a brochazos las escenografías esquemáticas, miserables, de una revistilla de variedades. De allí los trampantojos, las perspectivas falsas, los telones que hay en sus palabras, todos pintarrajeados a brocha gorda, que es lo suyo. En ese rol sí que puedo imaginármelo: escuchando cada noche, detrás de las bambalinas —que usted mismo claveteó— las bromas procaces, las tallas. Aprendiéndoselas de memoria y actuándolas solo detrás de las cortinas o en lo alto de los andamios. De allí, también, esa actitud suya de ir por detrás de la vida, por su reverso. Un tramoyista que huye sigiloso tras bambalinas, con los chistes que se ha robado bajo el brazo, riéndose bajito para que no lo descubran los actores.

Suspiro visiblemente. Tratando de expresar toda mi contrariedad. Pero usted no se deja deprimir. Sueña en voz alta, me asegura que no debo temer. Ya que usted fue uno de esos desopilantes «académicos de la lengua», no cabe dudar que de un momento a otro se le ocurrirá una burla irresistible, una talla genial. Una broma que nos hará reír no sólo a nosotros. Que hará reír al país entero. Que transformará toda esta época en un chiste.

Y ahora ya no lo sospecho. Ahora estoy seguro de que se trata de un caso —grave— de esquizofrenia.

* * *

Me quedo. A pesar de lo fome que es el maestrito y de la calaña de sus amigos, me quedo con ellos. Y no sólo por las razones del furor contra el profesor original y contra este tiempo, antedichas. Sino también, quizás, porque me sé un chiste mejor, a costa mía, que todos los suyos. ¿Qué es más fuerte que el odio —e incluso que el amor—, sobre todo a una edad como la mía? Ya va siendo hora —tanto ha avanzado la noche— de confesarlo. La calentura. ¡Estoy muriéndome de calentura! Con Vanesa, naturalmente.

Desde esa primera noche en que la llevé al Oliver no he dejado de pensar en ella —y de sentir mi pico parado tironeándome los pantalones cada vez que pienso en ella: a toda hora—. Sin embargo, y para mi frustración, Lucio no me ha vuelto a pedir que vaya a buscársela.

Así que una noche más calamitosa que de costumbre, cuando no soporto más al maestro y sus chistes malos, y ya que lo he abandonado en esa zona de la ciudad, me decido a ir a buscar a Vanesa. A ir a espiarla, sería más honesto decir.

Un barrio a extramuros, al norte de la ciudad, por El Salto, detrás de los cementerios. Recuerdo que vine por acá. Crucé un puente. Me interné por calles sin alumbrado. Me perdí. Ahora todo me ocurre igual (como si hubiera zonas de la ciudad, y de la experiencia, de las que no es posible aprender). E igual que esa vez tengo que pedir instrucciones por radio a la central de taxis.

Espero detenido tras un acoplado de camión, sin camión que lo tire. A lo lejos se oyen ladridos —¿ladridos o gritos?—. Otras veces un tiro —¿sería un tiro?—. Subo el volumen del radiorreceptor. Transmiten un programa de conversación. Siempre se refieren a los mismos temas «de vivo interés actual»: avistamiento de ovnis, cirugía estética, un largo testimonio telefónico de una viuda que asegura comunicarse, cada noche, con el espíritu de su marido encarnado en el árbol de su patio trasero. Por cierto: será un programa de opinión miscelánea, pero no es en vivo. Hay que ser comprensivo con las limitaciones de esta etapa especial por la que transita el país: hay libertad para opinar lo que se quiera (incluso sobre «temas de intensa actualidad», como éstos), pero no en vivo.

Finalmente algún taxista, desde otro móvil, conoce la calle y me retransmiten sus indicaciones. Éstas me llevan a estacionarme, con las luces apagadas, ante ese letrero pintado que otrora anunció algún tipo de negocio: un garaje o una carnicería. Hoy está demasiado despintado y corroído para poder descifrarlo. Y la vereda cubierta de escombros donde crecen unos cardos delata que lo que haya sido fue abandonado, o quebró hace mucho. La cortina metálica, de cinc corrugado, permanece anclada, con poderosos candados, a su marco. Pero yo sé que la puerta pequeña, calada en ella, se abre, se puede abrir. Por ella salió Vanesa, la putilla con el abrigo de pieles (sobre el uniforme de colegiala) que vine a buscar aquella noche. Y por allí podría entrar yo, si me atreviera. Mirando esa puertecita desde la cabina en sombras de mi taxi, siento tal urgencia que no me queda más que abrirme el pantalón y masturbarme. (El profesor tiene toda la razón: *soy* un pajero).

Reconstituyo minuciosamente la única vez que la vi. Una muchacha arropada en un abrigo de pieles. No idealicemos ni siquiera esas pieles; es más calentador así. Pieles de un marrón verdoso, erizadas, de coipo. Aquella especie de rata grande de los canales que en el Chile de antes de la prosperidad se consideraba un visón (!). De todos modos, un tapado caro, que le queda grande y que, por contraste, la hace verse más niña. Puede tener quince o dieciséis años. La figura que entreví mientras abría la puerta del taxi es muy delgada, casi esquelética. Ahora recuerdo, miro en el retrovisor —imagino mientras me masturbo— la boca ancha que ella se entretiene en pintar, los pómulos altos, la lacia melena negra y brillante. ¡Y saber, ahora, que bajo el abrigo de pieles de rata llevaba ese vestido de colegiala casi me hace eyacular antes de tiempo!

Calma y control. Cambiar de ritmo. Sigo con lo mío. La veo pálida, exangüe. Una «gótica» precoz, antes de que se importara el estilo. La carita delicada y triste, que muda de la inocencia a la perversidad con sólo abrir los labios; más: que muda al placer de la perversidad. ¿Cómo lo hace?

De pronto desvía la vista de su polvera y le grita a mi reflejo, en el retrovisor:

—¿Qué, erís nuevo vos? ¿Nos vamos a pasar toda la noche acá? ¿No sabís quién es el Lucio?

El que la ha mandado llamar, supongo. Su amo, o su cafiche. ¿Cuánto podrá costar un «servicio completo», con ella? Intento calcularlo. Inútil. Me duele y enrabia saber que, sea cual sea, ese precio está fuera de mi alcance.

Dejamos atrás El Salto, nos internamos por Recoleta hacia el centro. Ella cambia de humor (después la veré muchas veces cambiar de humor así, de un minuto para otro, olvidarse de algún mal rato o un miedo latente, volviendo a la felicidad usual de olvidarse). Se adelanta y pone los brazos delgados en el respaldo del asiento del copiloto. Me mira con curiosidad mientras conduzco, enciende un cigarrillo largo, mentolado, y me dice que lamenta haberme gritado. Que lo lamente suena tan dulce, en mi memoria, que acelero la mano...

—Es que los taxistas me meten miedo. ¿No erís peligroso, tú?

—No, que yo sepa.

Ella escruta mi perfil. Luego se calla, se echa para atrás, aparentemente satisfecha. Se arrebuja en el abrigo de pieles que le queda grande (cuando los conozca mejor, sabré que no sólo a ella —para ser justos—, sino a toda esta gente, la ropa y las casas, y hasta la vida, parece que las llevaran de prestado y les quedaran grandes). Por fin me explica:

—Fui a ver *Taxi Driver*...

Y suelta una risita, dichosa. Desde entonces cree que todos los taxistas andan armados hasta los dientes, especialmente los que manejan de noche. Y se le ocurre que cada chofer es un psicópata, un asesino en potencia. Me pregunta si la he visto.

Por supuesto. Se estrenó hace un mes y hay pocas cosas que hacer, además de ir al cine, en la ciudad de estos años. Robert de Niro haciendo del taxista psicópata, Travis, que trata de salvar a quien no se lo ha pedido. Jodie Foster encarnando a la prostituta niña, Iris. Esa ingenuidad madurada a golpes. Las calles populosas del Manhattan nocturno, en cámara lenta, con los turbiones de vapor escapando de las rejillas del metro y elevándose entre los rascacielos. Todo el mundo ha visto la película, y mis pasajeros me la comentan. La progresiva locura de Travis, el taxista, fascina a media ciudad (como si no tuviéramos nuestra propia locura). «¿Me estás hablando a mí?», se pregunta a sí mismo, en el espejo, Robert de Niro. «Aquí no hay nadie más», se responde. Mirando al vacío a través de mi retrovisor, intuyo que esa es la razón de nuestro embeleso con el filme: aquí también, aunque estemos acompañados, hablamos solos...

Salimos por la avenida Independencia —su olor a gas metano, las ventanas oscuras, socavones de incendio apagado— hasta el río Mapocho. Subimos bordeando su curso escuálido hasta el puente Pedro de Valdivia. De ahí conduzco hasta la Portada de Vitacura. Esa mole de edificios de estilo funcional que fueron los más modernos de Santiago. (Y recuerdo a Polli advirtiéndonos, en el seminario: los estilos «más modernos» son los que menos tardan en quedar obsoletos, mis amigos).

Mi pasajera me sonríe en el espejo. Continúa hablándome de *Taxi Driver*. Se la ha repetido como diez veces. Me relata con detalle escenas del filme. Yo pienso en Iris, en esa niña tratando de ser una vampiresa. Comprendo que esta putilla santiaguina la está imitando. Está actuando, comparándose, buscándose un parecido. Y eso —no lo que ella es, sino lo que desea ser— es más excitante todavía.

—Todos mis amigos dicen que me parezco a la Jodie Foster.

—Eres igualita, en morena —le confirmo.

—¿De verdad, tú creís?

La veo enderezarse, radiante, asomarse a mi lado como si yo la hubiera «descubierto». Y fuera a llevármela de aquí a Hollywood en taxi, derechito. Y enseguida se ensombrece un poco:

—Pero vos no me vai a tratar de salvar, como el taxista ése, ¿verdad?

—Ni siquiera lo intentaría —le prometo yo.

Ambos nos reímos mientras conduzco a velocidad moderada, por el centro de las avenidas desiertas. Este Santiago inmenso, oscuro y vacío, de pronto parece ser todo nuestro. Porque hay toque de queda, como cada noche. Y aquí no hay nadie más.

Nadie más que esta soledad que atisbo por el retrovisor (de la memoria). El cuerpo esquelético de esa soledad, con el uniforme de colegiala tapado por el abrigo de pieles de ratas. Y esto es lo que me hace eyacular, finalmente.

* * *

Me despiertan unos golpeteos en la ventanilla empañada del taxi. La bajo y veo a Vanesa que apoya los brazos sobre el techo, mirándome muy seria:

—¿Y vos, taxista...? ¿Qué hacís acá?

—Vine a invitarte al cine —le contesto, intentando parecer lo más natural posible.

Ella sonríe, con todo el ancho de su boca:

—¿A las cuatro de la mañana y con los pantalones abajo? —me pregunta.

Antes de que yo reaccione, mete el brazo por la ventanilla y escarba con un dedo mi calzoncillo viscoso, arañándome el pene (léase y dígase «pico»). Lo que me hace dar un salto reflejo, defensivo, apoyándome en la bocina del taxi que aúlla por mí y despierta a medio vecindario.

* * *

Pico. Hora de hacer un alto en esta cumbre nacional. No sólo el humor chileno tiene su altísima sede en el pene. «Pico» es, también, la palabra más escrita en los muros (y retretes) de Chile. Tiene más propaganda callejera permanente que cualquier candidato de los que ahora están prohibidos. Si alguna vez hubiera elecciones realmente libres, y transparentes, el pico sería elegido como Presidente de la República, en primera vuelta, por mayoría absoluta. Hipótesis: el pico se llama así porque habla más alto y convence más que la boca, en este país.

* * *

—No te hagái ilusiones, taxista. Si el Lucio se llega a enterar de que te tiraste al dulce conmigo, te manda cortina.

Cortina, cortado. «Irse cortado», que significa tanto tener un orgasmo como ser asesinado. Esto me dice Vanesa, clarito, apenas se sube al taxi, en la tarde siguiente. Que podría ser asesinado por desearla.

Por lo tanto, no puedo negarlo, quizás hasta deseo mi asesinato. Es quizás una atracción hacia el abismo y el peligro, tanto como un deseo de «tirarme al dulce» con Vanesa, lo que me empuja a persistir e invitarla. Empezamos a ver películas dos o tres veces por semana, a última hora de la tarde; que ya es la primera de la noche, realmente, porque este es un invierno oscuro, turbio de gases (ya lo he dicho). Desde el comienzo ella me aclara que quiere ver películas como *Taxi Driver*, conmigo. Que si es por ver cine «entretenido» (supongo que se refiere a comedias argentinas protagonizadas por cantantes trémulos, como Sandro, o a *Fiebre de sábado por la noche*, que acaba de estrenarse), puede ir con sus amigas. Conmigo quiere «educarse»:

—Edúcame, ¿ya?

—¿Y quién me educa a mí? —protesto, entre halagado y mosqueado.

—Tú ya estái educado —me responde; y agrega, indicando con desprecio mi taxi, que ni siquiera es mío—: Aunque pa' lo que te sirvió...

Vamos a ver películas nuevas y reposiciones. Lo que haya en cartelera. No planeo mi cursillo de cine, dejo que la carencia nos guíe, no hay otro remedio. Hay que arreglárselas con lo que los tiempos proveen. Aunque han cerrado muchas salas, el cine y el fútbol son de las pocas entretenciones públicas que sobreviven. La censura o el miedo a la censura, por su parte, veda ciertos filmes. En realidad, tampoco sabemos cuántos elimina. Sin embargo, la escasez económica y política no impide que lleguen las películas nuevas más importantes. Todo esto produce un efecto curioso: los estrenos duran meses en cartelera. Y cuando desaparecen, siguen reponiéndose en cines de periferia y en el llamado «cine-arte», durante años. En suma: pasan los años y siempre vemos la misma película.

Con Vanesa vamos a salas del centro. Al Cine Huérfanos y al Real (hoy, en la gran sala que simulaba el patio de un cortijo español, funciona la juguetería de una tienda por departamentos). Plateas enormes, medio vacías, con butacas dobles de felpa roja. Escenarios con cariátides y telón recogido. Palcos en los que nunca se asoma nadie. Nos aventuramos al Cine Providencia, al Oriente. O vamos al cine-arte de la plaza Egaña, al del Café Ulm, al Cine Toesca, al Normandie. Cines con aire de barcos torpedeados que han quedado a la deriva; buques fantasmas. Un anochecer en el Normandie oímos un ruido de goteras, creemos que al fin se ha largado a llover, que se despejarán los humos de la ciudad y podremos ver el horizonte (aunque en

Santiago el horizonte es una pared de piedra ci-
clópea, borrosa). Pronto nos damos cuenta de
que son carreras de ratones, gordos como gatos,
peleándose por los restos de maní confitado, de
migas y palomitas, entre las butacas.

Mi «curso» empieza a dar resultados desde
la primera sesión. Vanesa es una imitadora nata
(he sugerido que todos lo somos, en estos días).
Se mira en las actrices, adopta su vocabulario y
empieza a hablar con parlamentos de las películas que vamos viendo. Vemos una reposición de
Cabaret, que lleva como cinco años programándo-
se. Vanesa sale convertida en —*sintiéndose*— Liza
Minelli, que a su vez es Sally Bowles. Quiere ser
inocente y fatal. Y me pregunta si acaso voy a ser
su amante, Brian. No me gusta Michael York,
pero yo también juego. Preferiría ser el presenta-
dor del cabaret: Joel Grey, con sus labios pinta-
dos, narrando el vodevil que son las vidas de los
protagonistas, sin que éstos lo sepan.

Después de verla salimos del Cine-Arte
Toesca a la calle Huérfanos, a «la noche sin pa-
liativos», poblada de oficinistas demacrados,
cantando: «Life is a cabaret, oh chum, only a
cabaret...». Abrazados, cantando, dando pasos
de baile, salimos del cine. Somos ágiles: salta-
mos un grifo de agua. Y por un momento hasta
nos parece que somos extranjeros y no vivimos
en Santiago sino en Berlín, y que no sabemos
nada de la guerra —la vida— que nos espera.

Luego recordamos la escena final: el espejo deformado del cabaret —con las siluetas
combadas como en un cuadro de Munch—

donde se reflejan las camisas pardas y las suásti-
cas. Y una extraña melancolía, que ninguno de
los dos admitirá, nos cubre con su sombra. La
sombra de un futuro que ya estaba allí.

* * *

—Te van a cortar las bolas, pajero.

Quién sabe cómo, el maestrito ha averi-
guado que estoy saliendo con Vanesa. Esto debería revelarme una vez más, si yo fuera menos
engreído, que no es aconsejable menospreciarlo.
Usted, por ignorante y fome que sea, no carece
de recursos. Es un ser menos desprovisto de lo
que sugieren sus chistes malos y sus pantalones
demasiado cortos: sus costrosas canillas blancas.

Me llamó la noche anterior para citarme.
«Ven a mi oficina, extraordinariamente». Ésas
fueron sus palabras, aunque la pronunciación
fuera de lo más ordinaria. Cuando le pregunté
dónde quedaría tan improbable sitio, me contestó muy en serio que en el centro, en el Café
Haití de la calle Bandera, por un costado del
Palacio de los Tribunales. Y que me esperaba ahí
a mediodía, «extraordinariamente, pajero».

Apropiado para su oficina, en realidad,
este café de paso, sin mesas siquiera. Los vidrios
ahumados le dan un ambiente enfermo, de crepúsculo a toda hora. Esta moda inquietante de
los ventanales y espejos ahumados, como si la
gente no quisiera verse reflejada. La barra de
marmolina verdosa parece una mesa de autop-

sias en serie. Allí los leguleyos beben sus *espressos* de pie, criticando a los jueces y atisbando a las camareras de falditas diminutas y piernas regordetas, enfundadas en unas medias brillantes que parecen de acero (escogidas, supongo, para tapar las várices producidas por estos plantones sin descanso). Seguramente me ha citado acá para impresionarme con la magnificencia de invitarme a un café (lo hará pagando con un vale de abono robado, o trocado por quién sabe qué chuchería). O es simplemente para intimidarme con la proximidad de la justicia.

Al entrar lo encuentro tomando un *espresso* en la esquina de la barra, con la chaqueta café tornasolada —que de día parece francamente de color mierda— colgada sobre los hombros. Debajo, escoltando su escuálida barriguilla, entreveo unos increíbles tirantes de fantasía, con cabezas de conejitos de colores. Verdaderamente son unos suspensores de proxeneta, de macró, de cafiche. Aunque supongo que lo que usted intenta plagiar, ahora, es la imagen de un picapleitos exitoso (bien pensado, no queda tan lejos del proxeneta, ¿verdad?). Pidiéndome un café y sin saludarme, Víctor Jiménez-Polli (R) va al grano:

—Te van a cortar las bolas, pajero. Por pellizcarle la fruta al jefe.

Me quedo confuso, balbuceo, respondo con dificultad lo único que me viene a la mente, a falta de una mentira mejor:

—La estoy educando.

El maestrito se queda con la tacita de café a medio camino de la boca abierta, gira los

ojos verdes hacia las meseras de minifaldas «in-
fartantes», tras la barra, como consultando con
ellas si han oído lo mismo que él.

—La llevo al cine para que aprenda. ¿O
no va a actuar en nuestra película, acaso?

Me quedo muy serio, sosteniéndole la
mirada. No quiero ser menos en la charada que
representamos. Ya he aprendido, en tantas noches con usted —y no voy a olvidarlo de día—,
que el primero que se ríe pierde.

Víctor Jiménez-Polli (R) deposita la taza
en su platillo, con cuidado, y a continuación se
rasca la calva con la uña larga del meñique izquierdo que no corta para estos efectos. Finalmente decide que no ha sido suficientemente
claro conmigo:

—¿Le hai visto los dientes a Lucio?

No puedo negar que los he notado. El ru-
fián rangoso que es nuestro jefe los expone a menudo, en su rostro agraciado. Consciente de toda
la salud y prosperidad, de las muchas generaciones bien nutridas que han sido necesarias para
heredarle el calcio abundante de esos dientes
enormes y marfileños, de caballo pura sangre.

—Bueno, ¡con esos dientes te va a capar!
¡Y después se va a comer tus bolas! Por acostar-
te con su puta, pus.

La imagen es efectiva (un obvio escalofrío me recoge el escroto). Pero debo «mantener el tipo»:

—La Vanesa no es puta —declaro; luego, consciente de la exageración, rectifico—:
Bueno, no tanto, sólo se acuesta con él.

Usted no se puede reír porque justo en ese momento tiene la boca llena de café, y un *espresso* del Haití es algo que no se bota así no más. Así que en lugar de eso lo veo inflar los carrillos, conteniendo la carcajada, hasta que la cicatriz de la media sonrisa eterna asoma bajo el ala larga del bigote, y los ojos se le llenan de lágrimas. Cuando logra serenarse lo suficiente para tragar, me pregunta:

—¿No te estarái enamorando, pajerito mío?

Me desconcierta. No le contesto, durante largos segundos. Y de pronto mi mirada indecisa se topa con mi rostro difuminado en los espejos color tabaco tras la barra del café. Me parece que voy desapareciendo visiblemente, que me he borroneado, como si me hiciera menos real a cada segundo de titubeo. Ni siquiera me lo había preguntado. Hasta este minuto no se me había pasado por la cabeza. Tan improbable debía parecerme el sentimiento. Y ahora mi incredulidad ha sido evidente incluso para mí. Sin embargo, algunos dirían (más tarde) que es posible amar como siempre, acaso más que siempre, con el afrodisíaco de la desesperación, en estos tiempos.

Usted me sigue mirando fijo. Leyendo en mi cara esa difusa revelación de lo que no sé de mí, y que me va destiñendo en el espejo. Y no puede ocultar su satisfacción.

—No, claro. Vos no vai a enamorarte de una rota, hija de un ladrón. Y puta, más encima. Un pijecito como tú, un pisiútico de clase media...

El maestro se ha sacado de la boca las palabras «pisiútico de clase media» con discreta repugnancia, como si hubiera hallado un pelo en el café que bebe y lo estuviera escupiendo sin aspavientos.

No son sus epítetos, tomados del clasismo chileno más rancio (ese «rota», ese «pijecito» o ese «pisiútico», que ha pronunciado agregándole una «i» a toda la anticuada «p»), sino la eficacia que muestra esta infeliz caricatura de un profesor para leerme las dudas, lo que me saca de quicio.

—Está celoso. Celoso de los jóvenes, como todos los viejos impotentes. Le gustaría culeársela usted. Pero como seguramente no se le para...

Víctor Jiménez-Polli (R) me observa atónito. No lo puede creer. Por fin suelta una carcajada. Su risa de pájaro enjaulado llena el café con la confianza de quien se encontrara realmente en su oficina, mientras me palmea el hombro, con fuerza.

—Culeármela yo... —repite, riéndose con ganas, hipando de gusto—. Culeármela yo.

Luego se va callando, se acoda en la barra (¿he dicho ya que le llega al pecho, y que por lo tanto de usted sobresale apenas el busto?). Un imprevisto cansancio lo ensombrece. O es el humo de esa negruzca calle Bandera, con sus nubes de gases tóxicos expelidos por la fila continua de microbuses, detenidos frente a los tribunales de justicia (habría que ponerles otro nombre en estos días). O es el absurdo de que yo haya supuesto que usted podría querer acostarse con ella. Que usted pudiera concebir siquiera ese deseo. El asunto es que murmura sin mirarme, quizás sólo para la tacita donde agita las borras de su café ya consumido.

—Si te pillan me van a cortar las bolas a mí también. ¿Cuándo vai a aprender que existe alguien más que tú en este mundo?

Y me manda que salga de su «oficina», despidiéndome con el gesto de una de sus flacas manos, por sobre el hombro.

Ya en la calle, indeciso, ignorando adónde ir, lo atisbo a través de los ventanales ahumados del Haití. Usted se reclina sobre la barra, esmerándose en vislumbrar hasta el final las piernas brillantes y regordetas de las camareras. Ya que es gratis. Vienen incluidas en el precio del café.

5. El viejo y el fatuo

No hago caso. Es mi edad, supongo. Las advertencias del maestro me asustan menos de lo que me calienta Vanesa. O de lo que me atrae el abismo. Hacerse matar o irse cortado, «cortina». Sigo llevándola al cine.

Un día muy particular, de Ettore Scola. El edificio donde resuena una radio con los discursos de Mussolini. Sophia Loren y Marcello Mastroianni se han quedado solos durante una marcha fascista. Ella, casada con un pandillero que les pone la camisa negra a sus hijos y se los lleva al desfile. Él, homosexual escondido en el armario, arrinconado por el machismo reinante. Ambos terminan haciendo el amor, como pueden, en la azotea, entre las sábanas tendidas que ha lavado ella misma. Sin quererlo realmente, por la pura soledad que reina en ese edificio vacío donde todos se han ido a la marcha fascista. Gente corriente en tiempos excepcionales.

El desierto de los tártaros. Digamos que fue el 22 de agosto de 1978, fila G, asientos 23 y 25, en el Normandie. Se vive para nada, haciendo guardia en el desierto, y esperando una invasión que no acaba de llegar, o que llegará demasiado tarde para nosotros. Yo me siento como el teniente Drogo, que a poco de llegar a la remota fortaleza (ese laberinto de tierra amarilla en algún desierto innominado) intenta a toda costa conseguir un certificado médico que lo releve de su puesto. Pero ya es demasiado tarde, nunca se irá de allí. Enfermará del mismo mal que consume a los demás soldados: la espera sin esperanzas.

La última película, de Peter Bogdanovich. Anacrónicamente en blanco y negro. Los protagonistas tienen las edades de Vanesa y yo, más o menos (la edad que no transcurre en el cine y la memoria). Timothy Bottoms y Jeff Bridges aman a Cybill Shepherd. Pero ella ama más su propia ambición. Bottoms, el joven introvertido, se va quedando en el pueblo condenado (Anarene, Texas). Un día el muchacho idiota del pueblo muere atropellado y Timothy Bottoms aborda su camioneta y conduce por la carretera siempre recta. Conduce a toda velocidad entre praderas requemadas por el sol y torres petroleras con sus martillos y sus émbolos girando, hasta que se detiene en medio de ninguna parte. No hay adonde ir. Nunca se escapa de la manera como se ha vivido la juventud.

Al final, la amante casada de Timothy Bottoms, la amarga y madura Cloris Leachman, le ofrece un último consuelo a su desaliento, quizás un resumen de la existencia misma: «Ya se te pasará».

Después de estas películas nuestro entusiasmo —o mi angustia— se prolonga hasta la noche. Cuando la llevo de vuelta nos quedamos largo rato detenidos en la cuadra de las veredas devastadas, cubiertas de escombros, frente a ese garaje o carnicería clausurada, dejando que los vidrios se empañen mientras se acerca la medianoche al barrio periférico de El Salto, y empiezan a oírse esos ladridos que podrían ser gritos humanos.

Conversamos de la película y luego de nosotros (lo que creemos saber de nosotros). La voz de Vanesa es de un timbre bajo que no cuadra con lo frágil de su anatomía. Suena a voz de mujer fatal en un culebrón venezolano; pero una que todavía no ha practicado lo bastante, que no ha roto bastantes corazones, ni ha pronunciado los suficientes adioses.

Con esa voz me cuenta cosas de su vida anterior (nunca logro creer del todo que tenga tanta «vida anterior», a los quince años). Me habla de su infancia con una naturalidad tal hacia la miseria que me suena a demasiada. Como si hubiese leído la biografía de Marilyn Monroe en alguna revista del corazón y hubiese decidido que ese pasado de muchacha abusada era el que le convenía a su propio sueño de actriz. Afirma haber sufrido desnutrición infantil. Su delgadez extrema, que no es fragilidad, parece confirmarlo. Después me contará que un médico midió el porcentaje de grasa en su cuerpo, pinzándole con una tenacilla la piel bajo los brazos: «Catorce por ciento. Soy casi puros huesos», me dirá, muy orgullosa.

Para demostrármelo se sube las faldas y me hace palparle los muslos. Puro músculo sin una gota de grasa, confirmo, intentando subir la mano hacia el bultito del monte de Venus.

En absoluto flaco, es carnoso y húmedo como una ostra. Me la llevaría de inmediato a la boca, si no fuese por la fuerza inesperada con que cierra las piernas y me aleja.

Porque si no es puta, o no lo es «tanto», como he resuelto creer, ¡sí que es una hiervepicos de excelencia! Un ejemplar excelso de esa especie universal de las calientapollas, que en Chile ha sido llevada hasta una rara cumbre de perfección. Que sea una calientapicos, eso puedo aceptarlo; lo que no sería aceptable es que fuera puta con todos, menos conmigo.

Me revuelvo en mi asiento, me pregunto si se me nota la erección. Y entonces, ya por dos o tres veces seguidas, se repite este momento. No aguanto más, me adelanto extendiendo los labios y estiro la mano intentando aferrarla del cuello para darle un beso. Y ella, con una agilidad que revela una vieja práctica, mucho más vieja que su edad, retrocede, me esquiva, y en un santiamén baja del taxi y corre hacia la cortina metálica del negocio clausurado donde vive.

Aquello ocurre, por lo general, cerca de la medianoche. Cuando me queda todo el toque de queda por delante para maldecirme por mi lentitud. Hay un instante en el que ella parece intuir lo que voy a hacer antes de que lo haga, antes de que la agarre (la hiervepicos chilena no tiene rival en esta habilidad). Y entonces, sin despedirse, salta del taxi, corre hacia la puerta de metal, forcejea con la cerradura y desaparece. Pero antes yo he alcanzado a llegar lo suficientemente cerca de sus labios, con mi

boca ridículamente estirada en una trompa, como para sentir una descarga de estática.

Me voy, sintiéndome enfermo. Intentando reflexionar, para serenarme, que ha hecho bien en eludirme otra vez. Es un juego peligroso «pellizcarle la fruta al jefe», como me
advirtió el maestrito. Sobre todo tratándose de
un jefe con la dentadura equina que ostenta mi
ex compañero de colegio. Y su extraña astucia,
no menos feroz y marfileña que sus dientes. A
veces me da la impresión de que deja suelta a
Vanesa como los gitanos hacen con sus mujeres, sólo para probar de cuán lejos pueden lla-
marlas. Lo cierto es que la vista se me nubla y el
corazón bombea una sangre rabiosa, destinada
sólo a endurecerme.

Cuando me calmo, sin embargo, vuelvo
a pensar que no es tan puta. Y ni siquiera una
hiervepicos. Quizás conmigo Vanesa sueña tener algo diferente. ¿He dicho «sueña»? Mi caso
debe ser grave, entonces, me digo, alarmado.
Tanta película que hemos visto me debe estar
poniendo sentimental.

* * *

—¿Estás muy cansado, muchacho? —me
pregunta usted, con acento capcioso, subiéndose al taxi al comienzo de otra noche.

Lo estoy. A la Facultad de Letras por la
mañana. Las salidas por las tardes con Vanesa,
al cine. La excitación contenida que no me deja

dormir. Y usted que me llama noche por medio. Estoy agotado. Pero, por supuesto, lo niego. Esa manera suya de interesarse por mí es tan desusada que sólo puede traer gato encerrado. Y ni siquiera me ha llamado «pajero».

—Vamos entonces al ermitaje —me ordena, y abunda—: Es algo personal, confío en ti.

Lo quedo mirando antes de girar la llave en el contacto. Hace un par de semanas que no vamos a L'Ermitage. Y no veo que tengamos ninguna supuesta antigüedad que depositar allí. Además, cada vez que usted o yo conjugamos el verbo «confiar», sabemos que hay que desconfiar doblemente, el uno del otro. Lo que, a su vez, transforma la desconfianza en una curiosidad irresistible.

Así que lo conduzco sin más al centro viejo, a la calle Ejército. El barrio de las antiguas mansiones de comienzos de siglo (entiéndase, hoy, del siglo pasado), donde se remodela el castillejo oscuro que usted llama «el ermitaje». Casonas medio derruidas por los terremotos, convertidas en conventillos o pensiones, en su mayoría. Por alguna razón que no me explico, esta vez me cuesta encontrar la dirección. Repaso un par de veces, poniendo marcha atrás, la cuadra macilenta, neblinosa, con los adoquines brillantes por esta llovizna pegajosa que es toda el agua que nos ha traído el invierno. No encuentro el edificio. Es como si se hubiera desvanecido o yo lo hubiera alucinado. A mi lado, usted goza con mi confusión, silbando mientras se introduce el meñique izquierdo a la oreja, se la escarba y luego observa lo que ha extraído en la uña larga de ese dedo, que sirve a estos propósitos higiénicos.

Finalmente, usted condesciende a indicarme una alta muralla de ladrillos, nueva. En sus extremos distingo dos portales para autos. Gruesos faldones de lona azul marino, en el de entrada, delatan el carácter del sitio. Saco la cabeza por la ventanilla y noto que las torres y las veletas historiadas del castillejo apenas asoman por sobre esta altísima tapia que lo oculta. Tanta remodelación para después taparlo todo.

Mi taxi se sumerge entre los faldones y estaciono en un patio trasero. «Hotel Ermitage», dice el discreto letrero interior. Aparentemente, las obras de remodelación han terminado. Dejando a la vista, o más bien tapando de la vista, el objeto de tantas reformas. Un hotel parejero.

—Espérame aquí, pajerito —me ordena usted—. No me sigas; no te vayái a mover de acá.

El maestro cruza el patio de estacionamientos y entra al hotel por una puerta lateral de vidrios empavonados. Tiene su propia llave, por lo visto. Y no se ha molestado en cerrar. Desde acá diviso el interior tenuemente iluminado —felpa verde, cortinas pesadas—, prometiendo una calidez que mi taxi sin calefacción no puede ofrecer. Parece lo que es: una deliberada invitación a entrar. Reforzada por esa insistencia suya en que no lo siguiera. Orden que, usted lo sabe, sólo puede incitarme precisamente a seguirlo.

Hay un pequeño hall de recepción desordenado. La decoración no ha terminado, aunque la inauguración parece inminente (o ya no ocurrirá nunca). En el suelo reposan cuadros de temas clásicos en pesados marcos dorados. Rollizas mujeres desnudas resistiendo sin mucho empeño el asalto de unos faunos. Una mujerona a horcajadas sobre un toro. Al acercarme más, noto que son afiches, reproducciones en papel satinado. Los marcos, indudablemente, valen mucho más que los cuadros. Por lo visto, la reproducción y el enmarcado más valioso que el contenido, como en el Oliver, son el sello corporativo de las empresas de nuestro grupo.

Sigo un largo corredor flanqueado por puertas con número que dan a habitaciones desocupadas. Cada una presenta un decorado distinto. En ésta hay una cama redonda, corazas y armaduras en las paredes, pesados candelabros y una chimenea de castillo. Un ambiente medieval. Aquélla es una casa del té, japonesa, con jardín de piedras y todo. Presumo en esta otra una «habitación veneciana», por las máscaras, y la cama en forma de góndola. Tras empujar la puerta del siguiente cuarto me encuentro en el ambiente de un establo. Y, en él, con nuestro pura sangre embalsamado: sus ojos vidriosos, su quijada no tan diferente a la de Lucio. Un impulso de afecto me lleva a entrar y palmearle la suave y lustrosa grupa, que casi parece temblar, viva, bajo mi mano.

Experimento cierta satisfacción profesional, debo admitirlo, al comprobar lo bien que lucen algunos de los objetos surtidos y heteróclitos que hemos venido confiscando con el maestrito. Y confieso que no me es tan fácil ridiculizarlo, ahora.

Distraído por estas consideraciones, le he perdido el rastro al maestro en el laberinto de pasillos. Al fondo de una escalera oscura, sin embargo, distingo una vaga luminosidad. Desciendo y veo la puerta entreabierta de un gabinete forrado hasta el techo con lo que parece terciopelo rojo (aunque es más probable que sea una barata alfombra roja). También las débiles ampolletas son rojas, como las de un cuarto de revelado fotográfico. Lo que acentúa la impresión de haber bajado a un averno cuando, de esa oscuridad color de sangre coagulada, emerge lentamente usted. Pero no todo usted, sino sólo su rostro: los ojitos chispeantes, los rulos blancos en forma de cuernitos sobre las sienes, la nariz aguda y torcida... Un escalofrío me recorre la espina. Es difícil de describir. Quizás sea que el traje café tornasolado —que de día parece de un marrón color mierda— tiene la propiedad de mimetizarse con este rojo profundo, aumentando sus virtudes camaleónicas, maestro. Lo cierto es que durante varios segundos me pareció que este gabinete estaba vacío. Y ahora el rostro de usted se ha materializado a mi lado, desprovisto de cuerpo y deformado (¿o debiera escribir «revelado»?) por una expresión de lujuria grotesca.

—Mira qué cosa más rica, pajerito, mira —me dice, haciendo uno de esos ruidos nauseabundos de los catadores de vino, con la lengua chapoteando, un «slurp».

Y al mismo tiempo descorre la cortina roja —ahora veo que es una cortina— dejando a la vista la pared de la izquierda, que es de vidrio.

Arrodillada frente a un hombre enorme, gordo y moreno, Vanesa le hace una «felación»..., le proporciona «sexo oral». Vamos, qué digo, estoy en el país de los eufemismos pero no en el de las delicadezas: ¡le está chupando el pico!

Vanesa viste un *body* de cuero o látex negro, con unos agujeros convenientes para exhibir los pequeños pechos y el culo redondo y firme. La mano que sostiene el miembro lleva una muñequera de la que pende una argolla. En el cuello distingo un collar erizado de púas. El conjunto hace juego con la habitación que finge ser una mazmorra o cámara de torturas, con cadenas y potro incluido. Todo —y más que nada la palidez «gótica» de Vanesa— es de un fetichismo irreprochable. Y efectivo, a juzgar por esa erección formidable que ella sostiene como un micrófono ante su boca, en el acto que años después se popularizará como «dirigirse al país».

El tipo lleva la cabeza rapada y los ojos casi no se le ven, achinados de tanta satisfacción como siente. Debe pesar fácilmente ciento veinte kilos y parece un luchador de sumo. De hecho, tiene cara de japonés; o más probablemente, de un mestizo peruano-japonés. Está completamente desnudo, de pie, con las gordas piernas lampiñas bien abiertas. Entre las cuales, un poco de costado para nosotros, y de rodillas en el suelo, Vanesa practica su mamada con fruición. Mientras se mira en el espejo; es decir, que casi parece que me mirara.

Acaso se imagina que la está viendo un público, o que está ante las cámaras que la inmortalizarán como una actriz porno. Indudablemente ése es el estilo y me reprocho no haberlo advertido desde la primera mirada. No sólo está haciendo una chupada de pico, sino que se está estudiando en el espejo, como una buena intérprete que intenta perfeccionar su actuación. Incluso mientras lo lame se las arregla para sonreír y entornar los ojos, y seguramente emitir algún ronroneo que este cristal grueso me impide oír.

Por su parte, el peruano-japonés lo está pasando «de miedo». Y ahora hasta me parece conocido. Pero no de alguna película porno, sino de la maestranza de Carrascal abajo. Algún «socio» de Lucio, es lo más probable. Yo no debería asombrarme: ¿qué tendría de extraño que les preste a sus amigos sus más queridas posesiones? Como sea, el cholo con aspecto de luchador de sumo tiene sus razones para sentirse en la gloria. Pues habría que ser ciego para no ver algo más que deber profesional en el modo como ella se esmera, recorriendo el miembro con su lengua, ahora de costado, como si tocara una flauta traversa, digamos, demorándose para llegar a la punta donde se separa un poco y mira la cabeza enorme y brillante, el hongo del falo, para decidir su próxima caricia o dilatar el final.

Debo reconocerlo. En esta estudiada pausa Vanesa demuestra talento, vocación incluso. Aun más: determinación de triunfar.

Ya decidida, mi amiga vuelve a mamar con renovado entusiasmo. Le propina a la verga peruano-japonesa unas chupadas profundas, que culminan en unas lamidas veloces y juguetonas, con la punta de la lengua extendida.

Por fin, dos largos bramidos de toro andino, tan poderosos que atraviesan este vidrio grueso, acompañan un caudaloso surtidor de semen. Efusiones espasmódicas que ella, como una profesional irreprochable, primero recibe sobre su rostro (para constancia de los espectadores) y luego degusta, aplicando los labios al surtidor, succionando a fondo. Estrujando con la mano libre las criadillas colgantes del cholo para estimularlo a vaciarse. De modo de aprovecharlo todo, de que no se pierda ni una gota de esa esencia de vida.

Ni siquiera descarta el semen que primero cayó sobre sus labios. Y que ahora, separándose victoriosa, volviendo a mirarse en nuestro espejo, se relame. Con los ojos enrojecidos por esta luz, o por alguna clase de fulgor interior, bestial, que nunca le había visto, Vanesa se relame. Similar a un animal de presa después de alimentarse, su larga lengua puntiaguda viborea, recogiendo esa baba, espesa como la sangre, que destila de su barbilla. A mi pesar, acezando de deseo y rabia, debo reconocer que se ve salvajemente bella. Tan bella como temible.

* * *

—Viste qué cosa más rica te traje a mirar, pajerito —me susurra el maestro, al oído; y enseguida él también se relame, emitiendo otro asqueroso «slurp».

Ya me había olvidado de la presencia de usted en este averno rojo. Pero ahora vuelvo en mí del modo más doloroso. Antes de que pueda impedirlo, su mano flaca pero fuerte como una pinza me agarra por los testículos —duros, erizados— y me los retuerce (más o menos como hizo Vanesa con el cholo peruano-japonés).

Es un agarrón que recuerdo del internado. Una broma sucia y ambigua que practicaban los peores abusadores del curso, los malos alumnos, la carne de presidio (alguna vez, lo confieso, yo también). Mientras te apretaban las bolas de ese modo, te ordenaban: «¡Chifla, chifla, huevón!».

Silbar así agarrado, por alguna razón fisiológica que se me escapa, es imposible. La víctima, incapaz de estirar los labios, sólo logra emitir unos patéticos resoplidos que producen gran hilaridad entre los morbosos espectadores.

De esta naturaleza es la tierna broma que usted ha decidido hacerme, aprovechándose de mi concentración en el espectáculo que me indujo a ver. Sólo que, en vez de ordenarme que silbe, me exige al oído:

—¡Dime ahora que no es puta, pajero, dímelo!

Y luego me suelta y arranca escaleras arriba, emitiendo unas carcajadas dichosas que más parecen chillidos de rata. Mientras, yo me encojo y trato de recobrar el aliento antes de salir en su persecución.

—¡Viejo culeado! —le grito.

Lo he alcanzado junto al taxi, en el estacionamiento. Aunque no es tan fácil agarrarlo. Usted tiene la habilidad de una rata, precisamente, para escurrirse. Y durante un rato tengo que perseguirlo dando vueltas en torno al auto. Usted resoplando y riéndose. Yo furioso, decidido a partirle la cara esta vez. Por fin lo pesco cuando ha abierto una puerta del taxi y está a punto de entrar para encerrarse en él. Agarrándolo por las solapas del traje café (que ha reaparecido bajo la luz más franca del estacionamiento y ahora parece azul), lo extraigo del interior y lo sujeto por el cuello para darle un puñetazo. Qué puñetazo, ¡un combo le voy a dar!, ese mazo de hierro que usaban los obreros, antes de que la prosperidad de nuestro dichoso presente los dotara de taladros neumáticos. Y se lo digo mientras levanto el puño derecho:

—Le voy a volar los dientes, viejo concha de su madre...

Usted, pataleando en el aire pero con los ojitos verdes llenos de sorna, me detiene, advirtiéndome con voz estrangulada:

—Pa' eso mejor te pongo el otro cachete.

Palabras que acompaña con un gesto inesperado, que me paraliza. Se lleva un dedo a la comisura donde comienza su cicatriz, la media sonrisa eterna que le decora la mejilla izquierda, y alzándosela junto con el bigote desigual, me muestra el hueco donde le falta exactamente la mitad de la dentadura. Un hueco negro y pestilente —huele a azúcar quemada— donde siento que podría caerme o ser succionado. Luego, usted se saca el dedo de la boca y me explica:

—Pégame un combo de este lado, mejor. En este otro ya me volaron todos los dientes.

Voy soltándole el cuello poco a poco. No se me han quitado las ganas de golpearlo. Pero el truco es bueno y debe haberlo practicado anteriormente: hay algo redundante, y hasta frustrante, en querer machacar un rostro tan castigado. Por vil que sea esa cara, pegarle no vale la pena. Ni aunque usted insista, envalentonado:

—Los viejos sabemos más, pero sentimos menos. Así que pégame no más, con confianza, pajero. Atrévete.

Y como no me atrevo usted se recompone, se estira con dignidad las solapas de su traje único, se endereza la pajarita amarilla.

—Como tú seguiste saliendo con ella, arriesgando nuestras bolas... Quise enseñarte la verdad —me explica sin mirarme, con paciencia, y agrega—: Es mejor saber de quién te enamorái. Pa' no echarle la culpa si después te traiciona.

—Métase por el culo sus lecciones.

—Por ahí deben estárselo metiendo a la Vanesita, ahora mismo. Si querís volvemos a mirar y nos hacemos una paja...

Siento que la rabia me va a ahogar. Redoblada por la imposibilidad de desahogarla volándole a Víctor Jiménez-Polli (R) los pocos dientes que le quedan.

—¿Qué vai a saber vos del amor, viejo capado? Ni una mierda. Como cuando en el colegio nos recitabai poesías bonitas y nos hablabai de la felicidad que nos esperaba. ¡No sabíai ni hueva, nos engañaste!

Y sólo cuando he terminado de lanzarle esa andanada, me doy cuenta de mi error, de mi lapsus. Lo he confundido a usted con él. He identificado a este esperpento grosero, y su léxico hediondo, con el humanista y yudoca y flautista que sabía latín. A usted: el maestro impostor que no vale ni mi desprecio, con él: el profe de castellano que mereció mi amor y desapareció para dejarme con mi odio.

Usted no me contesta, sólo me mira. Ni siquiera me responde con su usual sonrisita burlona; porque ya sé demasiado que su media sonrisa eterna no equivale a una verdadera burla. El maestrito parece mortalmente serio, en realidad. Luego estira el labio inferior mostrándome los dientes restantes, preparándose para lanzarme alguna grosería inimaginable, presumo. Pero al fin es sin violencia, sólo harto de mí, cansado, con suave y profundo desprecio, que me dice:

—Fatuo.

La palabra me golpea mejor que un insulto. Aunque no sepa muy bien qué significa «fatuo». Como cuando el profesor verdadero nos retaba en el internado con esas bellas palabras: «inopia», «retruécano». Que, si no las podíamos comprender, nos hablaban, en todo caso, de un mundo superior. El maestrito, en cambio, ¿de dónde diablos habrá robado este vocablo de lujo? No obstante, comoquiera lo haya aprendido (o dondequiera lo sustrajo), el término «fatuo», pronunciado por Víctor Jiménez-Polli (R) de ese modo deliberado, tiene la sorprendente facultad de deprimirme. Porque, aunque no lo entienda del todo, siento que me calza, me viste. Tal como si usted con su ojo de sirviente, de valet, supiera mejor que yo la camisa que me viene perfecta, tan ajustada y cómoda que no la distingo de mi piel, realmente.

* * *

Fatuo. Tuve que ir al diccionario. Un convencimiento ridículo e infundado en la propia superioridad, que normalmente enmascara inseguridad. La infinita inseguridad de la adolescencia, por ejemplo. O la potencia carente de poder de la juventud, también.

«Fatuo» es, igualmente, el que está «infatuado» de sí mismo. Es decir, encantado, en el doble sentido de enamorado y hechizado. Enamorado de la propia juventud, eso se entiende, de su clima de verano y su prosperidad. Hechizado por la promesa de inmortalidad que esos dones parecen asegurarle.

* * *

Usted se da cuenta, a cabalidad, de que con esa palabra incomprensible me ha ganado la partida. Una cierta arrogancia triunfante le enrosca, esta vez sí, la comisura falsa de la media sonrisa eterna. Se apoya en el tapabarros del taxi, cómodamente, y rascándose la escuálida entrepierna me pregunta:

—A ver, hagamos un concurso: ¿cuántos apodos te sabís tú para el pico?

Me temo que es un mal ganador, maestrito. Su crueldad es transparente. No cabe duda de que no va a dejarme olvidar el tamaño de la verga del luchador de sumo. Usted me va a recordar la dedicación de Vanesa a ese obelisco peruano-japonés, y el hectolitro de semen que mamó mi amiga, cada vez que pueda. Para que yo «aprenda».

—Empecemos: el dedo sin uña, el cabeza de bombero, el cara de haba...

Y los va contando con los dedos.

6. *They want you as a new recruit*

*«¿Podrían dejar de hablar del pico, ¡porrr
favorrr...!?»*
Anecdotario Mulato, N. RICHARD

Aquí estamos. En esta foto tomada hace
tantos años, en el Fausto.

Aunque, si interrogáramos a un testigo
imparcial, dudo que pudiera asegurarlo. Ni siquiera mostrándole esta prueba. ¿Quiénes son
realmente estas personas? No reconozco a nadie. El hampón cetrino, con los ojos cerrados,
que aquí parece el cadáver de un gitano tuberculoso, debe ser el Doc Fernández. El hombre
alto, de dientes enormes, que muerde un puro
en el centro del grupo intentando abrazarnos a
todos —y lográndolo, así de ambicioso es su
abrazo—, debiera ser el «abogado penalista» y
«productor general» y no sé cuántos títulos
más, Lucio Echeverría Covarrubias. ¿Pero qué
hace un abogado de supuesto prestigio en compañía de ese hampón?

Bien mirado, todo el conjunto es extraño. Como un montaje. Hay algo que no calza.
La cuarentona chinchosa con las pestañas postizas y las medias tan brillantes y sintéticas que

basta mirarlas para oír como chirrían, debe ser Magali, la Mariscala. Pero la que yo recuerdo era una vieja borracha, rolliza, que se sombreaba hasta las patas de gallo, mientras que la mujer en esta foto podría parecer atractiva, para un hombre de la edad que tengo yo, ahora.

Tampoco reconozco al jovencito con el logo de una compañía de taxis en la casaca, ni la gorra que intenta esconder tras el cuerpo. Si soy yo, ¿cómo he cambiado tanto desde entonces? ¿Y qué relación podría tener con esa niña esquelética, pálida, tan escotada que se le escapa una tetita alba? Esa niña que se exhibe con la inocencia profesional de una «mujer de la vida».

Con lo que ninguno cuadra, sobre todo, al fondo del fondo, es con la exagerada alegría que lucen. A esas alturas de la madrugada y las botellas, es evidente que hacían demasiada bulla, incluso para un lugar como el Fausto. Desde la esquina de la pista de baile que alcanza a entrar en el cuadro, otros parroquianos los observan con cierta reprobación. ¿O es respeto? ¿Andaríamos errados si, incluso, lo llamamos «temor»?

Para mí no es raro que el único a quien se podría apuntar todavía con el dedo, el único reconocible, sea precisamente el hombrecito de la identidad espuria. El de los ojitos chispeantes, el bigote ladeado, y la canilla blanca, indefensa, que asoma del pantalón demasiado corto. Usted, maestrito. El doble, el tramposo, el sobreviviente.

También es cierto que todo a la distancia de los años adquiere cierta pátina noble. In-

cluso esta foto en blanco y negro, mejorada ya
por una imprevista melancolía. Cierta compasión hacia el tiempo perdido dignifica lo que
fue un tedio o un horror insoportable. Una
compasión o simpatía como la que sentimos
por esos objetos decorativos pasados de moda,
que fueron de un gusto bestial, y que ahora,
por el simple —¿simple?— paso del tiempo,
observamos enternecidos. Sólo porque son
irreemplazables: ya no se hacen más, los dis-
continuaron y se han extinguido. De la misma
forma, los discontinuados amigos de aquel
hombre que parodiaba a mi profesor, las calles
y bares que frecuentaban, sus sueños y sus
odios —no muy diferentes entre sí—, mañana
o pasado, quizás, se nos harán entrañables.

    («Si interrogáramos a un testigo impar-
cial...», propuse más arriba. Quizás allí esté mi
error. No hay que preguntar demasiado. El espíritu de la época no lo aconsejaba. Hacerlo
ahora sería violar sus reglas. Y entonces algo
precioso se rompería. Pues, aun cuando sea un
pasado miserable, es el único que tenemos. Incluso en un cadáver podrido alentó una vez un
alma. El silencio fue el alma de esa época. De
modo que entremos en ella de puntillas).

* * *

    Al Fausto. A bailar. Nos han convocado
a las dos de la mañana, a través de la radio de
mi taxi. El maestrito y yo hemos sido llamados

por Lucio, urgentemente. Debemos ir ya mismo. La orden nos conmina también a que en el camino consigamos como sea —«¡como sea!»— una botella de licor de café, Kalúa, y la llevemos al Fausto.

Dejamos la correría en pos de una cama con dosel, una prenda que el maestro me ha alabado mucho y que íbamos a confiscar en el otro extremo de la ciudad, y vamos hacia allá. Usted ha caído en un repentino mutismo, suda y se frota las manos. Cada cierto tiempo escruta su libreta roja, la de los chistes y las cuentas (si es que no son lo mismo), como si lo hubieran llamado a rendirlas.

—Nos estabas haciendo falta, mijito —me dice Octavio de Silva, que nos esperaba en la puerta de la discoteca, sobre la avenida Santa María, para hacernos entrar.

En ninguna parte figura el nombre de esta disco, ni en la fachada ni en la guía de teléfonos. Pero existe y todo el mundo sabe que se llama así: «Fausto». (Si bien es dudoso que muchos sepan por qué). Estamos en la orilla norte del río Mapocho, este arroyuelo con pretensiones fluviales. Un sector de la ciudad fronterizo, aunque a mano. Casi en el barrio alto, pudiente y bien nacido, pero no todavía. La casa se esconde tras un enorme gomero lujurioso, nervudo, que la abraza con su ramaje pegado a la fachada. Lo que de algún modo hace innecesario que un lugar tan notorio tenga un letrero que lo avise.

Octavio le hace una seña al portero que va en camiseta —para mostrar los músculos y/o su resistencia al frío—. El físico-culturista nos franquea el paso levantando un grueso cordón que quiere ser de terciopelo. Subimos una escalera alfombrada, flanqueada por esculturas de efebos en retorcidas posturas de lucha grecorromana. Arriba, todo contribuye a unir y confundir. La música disco, los juegos de luces perforando la oscuridad humosa, las pistas de baile de suelo acristalado, donde se agita una multitud masculina que «no podría» estar acá, considerando los tiempos y la hora.

Las luces del Fausto merecen un alto. La pista vidriada, iluminada desde abajo por un resplandor rojizo, que produce la impresión de que bailáramos sobre un cráter. Y encima estas luces estroboscópicas que, mediante la exposición periódica, intermitente, de lo que se mueve rápido, consiguen mostrarlo lento y hasta inmóvil. Discontinuo, en suma. Un brazo se alza en varios tiempos, y cae sin empezar a haber caído. Un rostro se ve de frente y de perfil, pero no se advierte el giro intermedio, ni por tanto el estímulo, ni el motivo. De pronto, siento como si me hubieran hecho una cirugía ocular mayor. Troceándome la experiencia; seleccionándome franjas de la mirada; censurándome lo que puedo ver. ¿Qué se esconde en las bandas negras que quedan entre los instantes visibles?

(Mirado desde esta distancia, sin embargo, esa censura del ojo revela cierta franqueza. Extirpadas esas lonjas de movimiento intermedio, ¿qué nos queda de la voluntariosa impresión de «continuidad» que se empeñan en ofrecernos los profesionales de la historia o la literatura? Esas grandes palabras que usaba mi profesor: historia, literatura... Estos cadáveres troceados, azulados, bailando a retazos).

Abriéndome paso entre estas parejas que bailan descoyuntadas, Octavio me grita en el oído:

—Siéntete como en tu casa, mijo.

Y la mano carnosa y rosada del director me pellizca las nalgas. Antes de quitarme la botella de Kalúa y seguir hacia el bar enarbolándola, haciendo señas triunfantes. Sin duda, él sí está como en casa.

Todos nuestros amigos lo están, a juzgar por la gritería que arman para recibirme. Sólo a mí, porque en algún punto de nuestro ingreso al Fausto el maestro ha desaparecido. Lo busco con la mirada por todos lados, sin lograr desentrañarlo de la masa de cuerpos que se agita espasmódica sobre la pista de vidrio. Lucio, que en todo sitio, hay que recordarlo, se cree la muerte, me abre los brazos sin levantarse del gran sofá de cuero y aúlla, exhibiendo sus largos dientes marfileños:

—¡Compañerito!

Lucio me invita a sentarme a su lado, me hace un hueco entre él y Vanesa. De modo que quedo apretado entre los dos. Entre el aroma a colonia de lavanda y el olor de ella que no sé nombrar pero reconozco de inmediato: un perfume entre ácido y dulce, que me produce el comienzo de una erección. No la veo desde hace dos semanas. Terminé abruptamente con las lecciones de cine después de que el maestro

me llevó a espiarla drenando aquel obelisco peruano-japonés. Y ahora intento deliberadamente no mirar esa boca ancha. Concentrarme
en Lucio, que me habla sin parar.

A gritos porque, a pesar de nuestra cercanía,
el volumen de la música apenas nos deja oírnos.
(Village People bramando *In the Navy*, aunque me
suena más probable que fuera *Macho Man*). Lucio
me cuenta que vienen del aeropuerto.

—¿Fueron a dejar a alguien?

—Fuimos a ver despegar los aviones.

Por más que lo escruto no logro saber si
me está tomando el pelo. Parecerá increíble mañana (ahora), pero ir al aeropuerto internacional, a ver los aviones, es un paseo favorito de estos tiempos. En las madrugadas de Año Nuevo,
por ejemplo, luego de esa única noche anual sin
toque de queda, largas filas de automóviles co-
pan la carretera hacia el terminal (en pocos sitios más apropiada la palabra que en este país
remoto donde terminan todas las rutas). Se trata de tomar desayuno viendo a los aviones ate-
rrizar y despegar. Posiblemente se considera de
buen augurio, aunque nadie lo diga. Acaso este
año que comienza por fin nos iremos.

—Y de vuelta paramos donde estos maricones —agrega el Doc, gritando desde el sofá
del frente—. Para que nos den de chupar gratis.

No me cuesta nada imaginarlos partiendo
sin pagar la cuenta —«haciendo perro muerto»— y que nadie se atreva a reclamarles. Cada
dos por tres llaman a un mozo y piden un trago
nuevo, un combinado difícil. O quizás lo difí-

cil son sólo los nombres: Tequila Sunrise, Midnight in Monaco. Estas combinaciones caprichosas, con nombres exóticos, parecen convenir a las ansias cosmopolitas del grupo que viene de observar el despegue de los vuelos internacionales. Aunque, ahora que lo pienso bien, no pueden ser muchos los aviones que salgan esta noche desde una ciudad cerrada por el toque de queda. Así es que Lucio debe haberme tomado el pelo. O fueron a otra cosa. O ya no entiendo nada.

Porque se bebe como para despegar de este mundo, realmente. Tras el primer cóctel, más explosivo que exótico, la cabeza me da vueltas. O serán esas luces estroboscópicas que lo fragmentan todo. Cosas que ocurrieron antes recién suceden ahora, como si el tiempo nos adelantara, dejándonos atrás. La foto del comienzo de este capítulo, por ejemplo. Es ahora cuando Octavio de Silva, que vuelve del bar adonde llevó la botella de Kalúa para que nos prepararan un combinado de su invención, propone que nos saquemos esa foto. Y le ajusta el flash a su máquina negra y raspada. Esa Leica que siempre lleva en bandolera para fotografiar, sin prevenirlos, a perfectos desconocidos (de preferencia jovencitos desconocidos), alegando que «prepara un casting».

—No me gusta que me fotografíen —objeta Magali, pero agrega, coquetona y ebria—: Salvo en pelotas.

—¡Es para la coartada, huevona! —le grita el Doc Fernández.

Y Lucio lo confirma:

—Pruebas de lo bien que nos portábamos en estas horas muertas.

Comparten ese humor negro con entusiasmo. Puede que la misma palabra «muertas» sea la que los entusiasma. El propio Lucio exclama, abriendo los enormes brazos para abarcarnos:

—¡Estamos listos para la foto!

Octavio de Silva retrocede, se sube a la pista y nos enfoca. Luego se abre el cierre del pantalón con una mano y nos grita con voz ambigua: «¡Mírenme el pajarito!». Antes de apretar el obturador y que el flash nos calcine.

(Aquí estamos. En esta foto tomada hace tantos años, en el Fausto).

* * *

Lucio le ha ordenado a Vanesa que baile. Le gusta mirarla bailar, sola, provocando que la miren, que *se* la miren, sabiendo que no deben *mirársela*.

—Les hago un favor a estos maracos, compañerito. A ver si se calientan con una mina alguna vez. Y vuelven a ser hombres.

De nuevo no puedo saber si me está tomando el pelo. Por lo que sé de las costumbres patronales en las regiones trigueras donde la familia de Lucio tenía sus campos, antes de que se arruinaran, estas ganas de reformar homosexuales parecen un proyecto probable. ¡O se reforman, o les corremos bala a estos sodomitas! Como sea, yo agradezco que me haya quitado a Vanesa del lado. La muy hiervepicos se entretenía en frotarse contra mi cadera, en enterrarme su pezón agudo en mi bíceps, en susurrarme al oído —mientras por el otro me hablaba su dueño— reprochándome que no haya vuelto a llevarla al cine:

—Me hai dejado botada, malulo. Parece que te metí miedo.

Claramente, no he ganado con el cambio. Ahora que ella ha subido a la pista y que Lucio se concentra en su baile —o, seamos francos, en su *striptease*—, es Octavio de Silva quien aprovecha el hueco en el sofá para arrinconarme. Se deja caer casi encima de mí y no deja de hablarme en la oreja. Octavio me compara favorablemente con actores de hace treinta o cuarenta años, que eran «unos verdaderos adonis», como yo. Luego, me «abre su corazón»:

—Esa película humorística es una huevada. No pienso dirigirla —me informa, refiriéndose a *La gran talla de Chile*—. Mi verdadera pasión es el cine de terror.

Le gustaría hacer películas de un expresionismo sangriento, como las que se hacían en el Berlín de «su época». ¿Vi *M, el vampiro de Dusseldorf*, de Fritz Lang? ¿Vi a Peter Lorre defendiéndose ante aquel jurado de criminales, preguntándoles: «Quién podría entender lo que es ser como yo»?

—¿Dónde mierda voy a ver esas cosas si en este país no hay filmoteca? —le contesto.

Eso no le importa a Octavio. Películas como ésas pero acá, acá mismo. Los escenarios están por todos lados en esta ciudad, me asegura. Oscuros, tétricos, abandonados. Se podría filmar en pleno día y parecería de noche. Muchachos pálidos, como yo, encontrándose en calles neblinosas con hombres de larga experiencia, de unos mil años de experiencia, y quedando fascinados por sus ojos. Y Octavio me mira penetrantemente. Luego, casi pareciera que la mirada se le agua un poco. Como si se hubiera acordado de un amor perdido.

Enseguida, me aprieta la rodilla con su mano rosada y carnosa, que tiene algo de bebé o de enfermo de psoriasis. Y como para escapar de esa tristeza que acaba de convocar me hace recuerdos de su juventud. Según dice, estudió en la ciudad del cine de Babelsberg, cerca de Berlín, a mediados de los treinta. Suena fabulosamente lejano, imposible (aunque no más que estas cosas que relato ahora). Y, a la vez, estos rubores artificiales en las mejillas demacradas, estos zapatos de dos colores, esta ojera que semeja la marca de un monóculo, parecen venir de allí, precisamente. Octavio de Silva lamenta esa juventud perdida:

—Esos sí que fueron años locos —me dice, y aprovecha de apretarme otra vez la rodilla, un poquito más arriba.

Luego, entrecierra los ojos y me habla de los cabarets de la Friedrichstrasse. Se entusiasma y me cuenta que Sally Bowles, la verdadera, la que dio pábulo a las historias de Isherwood, que a su vez sirvieron para el musical *Cabaret*, fue su amiga («pábulo», ha empleado esta palabra perfectamente acorde a la antigüedad de lo que me cuenta). Y se queda callado, menea la cabeza, paladea esa incredulidad retrospectiva de los viejos. Le suena increíble haber vivido todo aquello. Acaso por ese motivo, fugazmente, él mismo parece verdadero. Luego pierde toda proporción ¡y afirma haber conocido personalmente a Marlene Dietrich! Haber sido su confidente. Después averiguaré que ella se fue a Norteamérica años antes: pero, ¿qué son estos detalles de fechas en la marea de tiempo y fuego que arrasó ese pasado?

—Conocí a Marlene en el Kit Kat. ¿Sabes de qué te hablo? ¿Me crees?

No necesito contestarle, claro. Y, sin embargo, todo podría ser cierto. Si yo diera fe a la única prueba válida de que dispone: su tristeza. Murmura cosas que no alcanzo a descifrar. La mano carnosa no ha dejado de subir por mi muslo. De algún modo la melancolía casi vuelve cariñosa a esa mano, afable, como la de un abuelo cargado de recuerdos tan antiguos que ya da lo mismo si se los ha inventado o son ciertos.

¿Qué es lo que me dice Octavio, ahora? Hago un esfuerzo por separarlo de la música disco («They want you,/ they want you,/ they want you as a new recruit», corea Village People) y de mi mareo. Creo oír que, para Octavio, el Berlín de entreguerras sí que era una capital, el centro de Europa, donde todo el mundo confluía. Mientras que a Santiago de Chile no viene nadie, nadie, estamos aislados...

—Estamos como muertos —balbucea.

Muertos. Ahora sí lo he entendido.

7. La dichosa terraza del presente, tres

Atardecía en la terraza de Le Flaubert. Una hora viciosa —de tan deliciosa— en los diciembres cálidos de Santiago de Chile. Cuando las sobremesas se hacen vicio para los que no practican el contemporáneo vicio del trabajo, o lo han suspendido por las fiestas del fin de año. Por mi parte, no tenía nada que hacer —típico de mis estancias veraniegas. Y por la suya, Zósima, el monje ruso, el pope, es uno de los seres más inmunes al tiempo que yo conozca. Zósima es tan extemporáneo que para él nada es más importante que conversar con un amigo. Excepto, posiblemente, quedarse callado junto a un amigo. Estimularlo a hablar, e ir paladeando mentalmente sus palabras, sus giros verbales, sus anomalías léxicas, sometiéndolas a imprevistos escrutinios lingüísticos que nunca se sabe adónde irán a parar.

Bajo la amable luz del atardecer, que había reemplazado al dichoso pero enfático sol de unas horas atrás, y mientras yo me bebía el decimoquinto vasito de pisco solo y Zósima su lentísima agua mineral *sin gas* —cuando tiene gas se lo saca con el paciente revolver de una cucharilla en su vaso—, mi amigo me interrumpió finalmente:

—¿El Fausto, dijiste?

No recordé bien haberlo mencionado. Si lo hice debió ser al menos media hora antes, intentando precisar los lugares a los que me llevó o podría haberme llevado el maestrito, que a la distancia de los años se confundían y mezclaban, si es que no los estaba mezclando el pisco añejo de 45 grados. Pero entretanto aquella palabra, el nombre «Fausto», había conducido a Zósima ya muy lejos por el interior de esa «semántica general» que practica sin esfuerzo, como un don y una felicidad naturales. Y de allí, de dondequiera que hubiera ido, volvió para decirme —o, más bien, para recitarme—, mientras me apuntaba con el índice:

—Criatura de elección, te has prometido y unido con nosotros. Ya no te será permitido amar.

—¿A quién? ¿A mí? —lo interrogué, desconcertado y hasta un poco estremecido.

—Son las palabras que le dice el diablo a Adrian Leverkühn, el protagonista de *Doktor Faustus*, la novela de Mann, cuando se le aparece en esa casita italiana. ¿Te acordái?

Por supuesto que no me acordaba. Lo que molestó un poco a Zósima: ya he dicho, creo, que considera falsa modestia la ignorancia de los demás.

—Sí, claro —me insistió—. Ese diablucho que cambia de apariencias, que parece primero un cantante callejero, o un «strizzi», escribe Mann, que en austriaco vulgar significa pequeño criminal; pero también...

—¡Zósima! No más etimologías, por favor...

—Bueno, Mann no se atreve a escribir en alemán que el diablo parece maricón —concedió mi amigo, un poco frustrado, y prosiguió—: En esa escena el demonio le explica a Adrian que éste ya le ha vendido su alma, sin saberlo.

—Ah, sí... —maldiciéndome a mí mismo, me sorprendí fingiéndole a Zósima que intentaba recordar lo que no había leído.

—Adrian tirita de fiebre, cree que ve visiones, se burla dando a entender que no cree ni en el diablo que ve, ni menos en el otro mundo.

—Y el diablo le contesta...

—Le contesta que es en este mundo donde ha vendido el alma. Y, por tanto, aquí es donde «ya no te será permitido amar».

La sombra del palto frondoso, acaso centenario, sobre la terraza de Le Flaubert, se oscureció un poco más. Y hasta temí volver a marearme y que me asediaran esas voces como alas frotándose, que creí oír cuando Zósima especuló sobre los vampiros y su relación con la época en que vivíamos, un rato atrás. Angustiado, estallé, o estallaron por mí los quince chupitos de pisco puro bebidos en la sobremesa.

—¿Y a qué chuchas viene eso, ahora?

—No sé —me contestó Zósima, haciéndose el ofendido.

—Ya, huevón, disculpa. Suéltalo. ¿En qué estái pensando?

—En nuestra época, que fue la mejor.

... Porque era emocionante. Y fue posible ser feliz. E incluso amar. Aunque la mejor garantía para ser feliz era no amar. Salvo, por supuesto, que fueran amores privados, los que ni entonces ni ahora le importan a nadie. Porque Zósima se estaba refiriendo, claro, a esa forma social y política del amor: la admiración. La admiración era un inconveniente. Se prefería la veneración y la abnegación...

—... que viene de *abnegatio* —empezó Zósima—. O sea, negarse a sí mismo...

Pero yo le hice un gesto terminante sobre mi copa, advirtiéndole que no le iba a tolerar nuevas etimologías, así es que continuó con su idea.

¿No me parecía a mí, acaso, que aquella época nuestra, en la cual estuvieron prohibidas las admiraciones públicas, o sea el amor social y político (otra cosa era con la veneración política y la abnegación política, pero no empecemos de nuevo...)? ¿No me parecía a mí que esa fue una apropiada introducción a esta época —nacional y mundial— en la que ya nadie espera ni ofrece *admiraciones*, sino que sólo se premian las *ambiciones* (económicas, políticas, sexuales)?

—O, dicho de otro modo —continuó Zósima, que siempre puede decirlo «de otro modo»—: ¿No será que para subirnos a la posmodernidad, para desarrollarnos y ser «criaturas de elección», para prosperar y así «unirnos a ELLOS», hemos pagado el precio de no poder amar?

Y yo me repetí mentalmente la frase del diablo: «Criatura de elección, te has prometido y unido con nosotros. Ya no te será posible amar». Dándome cuenta al hacerlo, irritado, de que la histriónica habilidad de Zósima la había grabado a fuego en mi memoria.

—O sea que... —murmuré, entre molesto y burlón—, ¿para tener éxito nos hemos condenado al infierno de este mundo?

Zósima se rió, juguetona y lúgubremente (como el hombre-lobo en la estepa de Novgorod).

—No. Eso sería excesivo, ¿verdad? —me consultó, levantando con delicadeza su vaso de agua mineral—. ¿Quién iba a creerse una cosa así, hoy por hoy?

* * *

«They want you,/ they want you,/ they want you as a new recruit».

Aprovechando la oscuridad, mi mareo y hasta su propia tristeza, la mano de Octavio ha subido, aproximándose a mi entrepierna. Me pongo de pie, alegando una súbita gana de ir al baño. Para hacerlo me he apoyado en su panza, clavándole el codo lo más cerca que puedo del plexo solar. No alcanzo a oír su grito; quizás es que se confunde con los de Village People. Pero sé que he acertado cuando, al subir a la pista, veo que el Doc Fernández se tuerce de la risa sobre el otro sofá, como si sufriera un cólico renal.

El único modo de abrirse paso es bailar. No necesito que nadie me instruya. En estos días, antes de salir del colegio ya sabemos que hay que danzar con la música que nos pongan, si queremos seguir moviéndonos. Y de pronto, entre la masa de cuerpos sudorosos, fragmentados por las luces intermitentes, acaso como un premio a mi adaptabilidad, me encuentro bailando con Vanesa. Con Vanesa casi desnuda. Porque se ha quitado el vestido y baila sólo en ropa interior. Por lo menos no lleva el *body* de látex que usó la otra noche con el peruano-japonés. Aunque los zapatos de aguja, estas medias caladas, los calzoncitos rojos con una mariposa de encaje sobre el coxis, el medio corsé con volantes que eleva los pechitos adolescentes y deja ver los pezones, alcancen igual para el cliché de un fetichista. Debo serlo —además de pajero—, porque su atuendo me parece no sólo glorioso, sino de una perfecta naturalidad. Como si mi amiga sólo hubiera sentido calor y se hubiera quitado el vestido para refrescarse. Y para remolinearlo como una boa de plumas con la cual me atrapa por el cuello y me aproxima lentamente hacia ella. Hacia su melena negra y lacia, que refulge más sobre su cuello albo. Hacia sus delgadas y oscilantes piernas abiertas encaramadas sobre los tacones. Hacia el triángulo perfecto que hacen los huesos puntiagudos de sus caderas, ofreciendo y negando el vértice del sexo...

Nada de lo anterior sería tan grave. Es decir, nada de ello sería capaz de hacerme perder la cabeza —hasta el punto de atraparla y besarla a la fuerza, por ejemplo— si no fuera por su olor. El olor de Vanesa que reconocí al llegar. Y que sin embargo no he podido identificar sino hasta ahora, cuando el ejercicio del baile y los brazos levantados remolineando su vestido lo ofrecen en plenitud a mis narices. Es sudor. Un embriagador olor a sobaco. Un sudor no por potente menos delicado y limpio. Una fragancia a transpiración de obrera, de camarera, de enfermera de hospital público, joven y sana. Me avergüenza que me guste, pero hay que mencionarlo. Porque puede que ese embriagador aroma a sobaco explique, mejor que cualquier otra justificación, mejor incluso que el odio, mi borrosa presencia en esa foto de esa noche olvidada.

Está más que claro —sobre todo considerando la calentura que todavía me acomete cuando lo recuerdo— que en ese momento me habría acriminado. La habría abrazado, le habría metido mano a la fuerza en el calzoncito rojo, la habría raptado y me habría casado con ella, suponiendo que Lucio no me matara antes. Si en ese instante no se hubiera interpuesto el maestro.

Víctor Jiménez-Polli (R), que había desaparecido ya no sé cuántas horas atrás, desde que llegamos al Fausto. Y que ahora aparece, bailando también, contoneándose como un bailaor flamenco o como un bongocero de rumba. En fin, danzando con cualquier ritmo, menos el de ese *YMCA* que ahora emiten los altavoces. Para meterse entre nosotros dos.

Por raro que parezca, usted nunca me ha parecido más sincero que en ese baile, maestro. ¿O debería decir: *ustedes* nunca me han parecido más sinceros? Porque hay muchos maestros, despedazados, bailando entre Vanesa y yo. La luz estroboscópica lo fragmenta en docenas de facetas, de instantes, inconciliables entre sí. A ratos joven y pícaro; en otros antiquísimo y serio. A ratos cruel y aleve; en otros un diablillo morboso pero inofensivo, hasta la ridiculez. Es como si con cada espasmo de esta luz se estuviera adaptando a lo que esperamos de él, y de ese modo sincerándose en su engaño. (Los sigo viendo, a todos esos maestros instantáneos, ágiles, frenéticos, descoyuntándose sobre la pista de vidrios iluminados por debajo, del Fausto, que parecía, o era, un cráter).

Fragmentada y todo, su coreografía se hace pronto discernible. Y, conociéndolo, no podía ser otra cosa. Lo que representa es un «cuadro plástico». Una de esas escenificaciones obscenas, de prostíbulo. Ésta sugiere, por cierto, un «trío», un *ménage à trois*; o, como lo pronuncia usted: un «menaje a tres». Con hábiles fintas y zapateos usted impide que me vuelva a acercar a Vanesa, me separa de ella cada vez que intento acercarme. Y en su lugar se ofrece usted mismo. En lugar de la deliciosa boca de Vanesa —en la que cabe un obelisco, me temo—, es usted quien me manda besuqueos con su hociquito bigotudo y a medias desdentado. En lugar de las tetitas puntiagudas ceñidas por el corsé, usted se abre la camisa, me muestra el pecho lampiño y hundido y se pellizca la repugnante verruga que tiene por pezón. En lugar de las piernas torneadas dentro de las medias de red, usted se arremanga hasta las rodillas los pantalones y me ofrece, coquetamente, haciéndome un can-can, sus canillas blancuchentas y costrosas, en cuyo extremo se agita el zapatón heredado de un difunto.

El público alrededor ha dejado de bailar y se parte de la risa con nuestro «menaje a tres». Risas que, dado el volumen de la música, no podemos oír, sino apenas deducir de las bocas abiertas, de los ademanes alentadores, de los besos que otros también me lanzan (o a usted, no seamos egoístas). Es usted todo un éxito, maestrito, ha triunfado una vez más. Lo ha hecho poniéndose en el lugar de Vanesa. En el rol de esta puta que usted se ha empeñado en hacerme ver como tal, para que no vaya a enamorarme. Todo su acto sugiere que mejor me enamore de usted.

Y para que no me quepa duda, supongo, o porque «el público lo pide» (suprema ley que Víctor Jiménez-Polli (R) anticipaba), ahora el maestro me aferra por el cuello. Lo hace con mucha más fuerza de la que podría sugerir su esmirriada anatomía de hombrecito. Y me planta un beso en la boca. Beso es poco: un «pato con lengua», en realidad. Un repugnante baboseo de su lengua granujienta que emerge del pozo séptico de su boca desdentada, para chapotear entre mis labios.

Lucio llega como una tromba, abriéndose paso a codazos, y nos separa de un empujón. Por un momento pienso que me va a pegar, que uno de esos puños enormes, rosados y llenos de pecas, me va a partir la nariz. Aunque no estoy muy seguro de si será para castigarme por bailar con su puta privada o por besarme con su bufón.

Usted, sin embargo, debe tenerlo muy claro. Porque no titubea ni un segundo antes de salir corriendo. Perseguido por las manos largas de Lucio que intentan agarrarlo.

—¡Socorro! —grita el maestrito.

Ahora podemos oírlo porque en el Fausto han bajado el volumen de la música y subido la intensidad de las luces, como se hace en estos lugares cuando cae de redada la policía. Sin que pueda descartarse, tampoco, que lo hayan hecho para que no nos perdamos nada de este espectáculo.

Usted huye encaramándose a los silloncitos y los canapés, pasando por debajo de las barras cromadas que separan la pista del bar, y Lucio lo persigue apartando a patadas esos mismos obstáculos, o saltándolos. Usted se escabulle con el estilo de un mono, digamos, agachado y chillando. Y su jefe lo sigue con el tranco de una jirafa en llamas, a grandes zancadas y bramando:

—¡Estái muy viejo pa' hacerte maricón!

Resulta tan cómico que cuesta creer, en realidad, que no lo hayan ensayado antes. Que no practicaran esta persecución en los recreos, entre lección y lección, mientras Lucio estuvo enseñándole a usted a imitar a nuestro profesor.

Finalmente, Lucio lo alcanza casi precisamente donde empezó la cacería. En la pista, junto a Vanesa y a mí, a quienes usted pretende usar como escudo humano. Por mi parte, no sólo no lo he defendido sino que —con cierto ansioso placer— me he hecho a un lado para entregárselo a su enemigo.

Le asestan una bofetada homérica, maestro. La mano de Lucio debe tener fácilmente el tamaño de su cabeza. Y por un momento espero verlo escupir los pocos dientes que le quedan. Aunque tal vez haya sido demasiado sonora para ser real. Como esas bofetadas de payaso, cuando la víctima aplaude para fingir el ruido del cachetazo. Lo mismo que el giro de 360 grados sobre sus tacos gastados, acaso tan perfecto que da para sospechar. Recelo que se acentúa cuando Lucio levanta la mano para abofetearlo de nuevo... Pero, antes de que la manota llegue a tocarlo, usted se tira de espaldas al suelo. Se da por golpeado. Se noquea solo.

Real o no, la comicidad con la que usted se ha derrumbado es tal que ni el propio Lucio parece resistirla. En efecto, puede que no sean los jadeos de ira de nuestro jefe, sino su risa caballuna, hípica, lo que acompaña sus palabras cuando se arrodilla a su lado para estrangularlo y golpearle la cabeza contra el vidrio, mientras le exige:

—¿Dónde está mi guión? ¿Dónde está *La gran talla de Chile*, viejo maraco?

Y usted gime, medio ahogado:

—Lo tengo casi listo, Lucio. Te lo juro.

—¡Lleváis dos semanas desaparecido, culiao!

Y usted, desde el suelo, sobre el cristal de la pista, o el cráter, boquea:

—Se me ocurrió una talla genial.

Los resoplidos de rabia o los relinchos de risa se acentúan. Deben ser estos últimos, porque Lucio empieza a aflojar.

El maestrito se incorpora a medias, sobre un codo. Sus ojitos verdes chispean de excitación. Casi podría jurar que está inventando ese chiste anunciado en este mismo momento. Que sólo así —bajo amenaza de muerte— es capaz de recuperar la gracia.

—¿Ya te conté el chiste del maricón al que se la caían los peos?

Del mejor gusto, maestro. Muy apropiado para el lugar. Y para la concurrencia que desde hace un rato intenta ignorarnos de nuevo, cubrirnos con la música disco que sube de volumen, despedazarnos con las luces que parpadean otra vez. ¡Hediondo de ofensivo! Y, sin embargo, hay que reconocerle algo: su intuición infalible para la ordinariez como forma de supervivencia.

Su vulgaridad lo ha salvado, maestro. Gracias a esa vulgaridad —que nos sobrevivirá a todos— usted sigue viviendo.

* * *

El Doc Fernández se ha quedado dormido. Suele hacerlo en mitad de cualquier fiesta, como si sufriera de narcolepsia. O, sencillamente, es que se muere de aburrimiento. Esta vez se ha perdido nuestro «menaje a tres» y la persecución y el cuasi asesinato del maestro. Pero despierta a tiempo para encontrarnos de vuelta en nuestros sofás, rodeados por un ambiente más bien tenebroso. Aunque el Fausto ha hecho esfuerzos, la cacería y las presuntas bofetadas cambiaron el humor general. Casi nadie baila. En las mesitas que nos rodean los parroquianos conversan, evitando escrupulosamente mirarnos. Debe ser esto, precisamente, lo que alerta la fina sensibilidad del hampón. Que no lo miren hace que el Doc se sienta observado. Por alguien, por algún otro noctámbulo, por un ebrio de esos que le sostienen la mirada a un mundo que se les tambalea. Se ha puesto pálido de ira. Parece que hubiera visto un fantasma. ¿Sólo se estaba viendo a sí mismo, en uno de estos espejos entintados, sin reconocerse? Como sea, el caso es que grita, a nadie, a un punto fluctuante entre las mesas:

—¿A quién están mirando, los muy colizones? ¿Me vieron el marrueco abierto?

Y el resultado es que ahora sí lo miran. Nos observan, oblicuamente, desde todos los rincones del Fausto. Y vuelve a gritar:

—¡Qué chucha miran los masca-almohadas!

—Ya, ya. No pasa nada, Doc. Nos miran porque somos buenmozos. No te angusties... —intenta tranquilizarlo Octavio de Silva.

Al tiempo que lo retiene para que no se ponga de pie, ni saque del interior de la chaqueta aquello que le abulta un costado del pecho (y que no es el corazón).

Hasta Lucio, que habrá visto antes estos pánicos del Doc, se incomoda. En el fondo, en el fondo de su noche, tampoco le gusta que lo miren. Empieza a hacerle un gesto al portero físico-culturista. ¡Que saquen a ese borracho y lo tiren a la calle! Pero antes de expresar la orden, cambia de idea. Le arrebata la cámara fotográfica a Octavio de Silva y enfoca a la mesita más cercana. Aquella desde donde nos miran con mayor desaprobación. Los enfoca y dispara. El flash los deslumbra. Una, dos, diez veces. Hasta que todos los rostros se apartan, hasta que nadie se atreve a mirarnos. Esos rostros blanqueados por la trasnochada, esperando que pasen las horas muertas del toque de queda, sin poder ni querer irse. Tan tarde y con esas caras. ¡A quién le gustaría recordarse en esas fotos!

Lucio se vuelve triunfante, y nos dice:

—¿Verdad que fusilé a estos maricones? ¿Verdad?

8. Persistencia retiniana

«¿Puede alguien entender la nostalgia que
suscita la desaparición de un orden detestable?».
GÜNTER DE BRUYN

Ha pasado más de un cuarto de siglo, insisto, casi treinta años. Me separa del que fui, de esa primera juventud, un tiempo muelle y sordo, como de fieltro. Con él quisiera frotar mi memoria hasta sacarle un lustre opaco: el de esa época.

Me sugieren que no lo haga. No está de moda; no es *trendy*. ¿Para qué obligarnos a respirar ese aire viciado, atrapado en el armario de esta historia tan antigua? ¿Qué interés encuentro en esos personajes de una etapa clausurada? Me lo preguntan, desde la dichosa terraza de nuestro presente. Debe haber algo malsano, o hasta peligroso, en dedicar el hoy a recordar esos ayeres que no hicieron historia. Es posible, lo reconozco. Aunque si el presente tuviera más curiosidad, podría preguntarse: ¿por qué no es capaz de ver su bonito rostro en el cruel espejo de ese pasado? ¿Será culpa de aquel espejo o de este rostro?

Persistencia retiniana. Fenómeno ocular por el cual, aun con los ojos cerrados, se sigue viendo lo que impresionó al nervio óptico (incluso si la memoria no puede o no quiere recordarlo). Involuntariamente, el nervio atestigua más que la memoria.

Momento... Que no se nos acuse de seriedad (nada más grave). Hagámoslo actual. ¡Espectáculo! ¡Farándula! Hueveo: ¡acudid todos! ¡Venid a este remoto valle central! ¡A este mundo perdido de los dinosaurios! Cerrad los ojos y veréis, persistiendo en la retina, el fantasma de la era de los ideales. Antes de que se extinguieran, y reinaran sobre la tierra los amos de nuestro tiempo: los intereses.

Yo también cierro los ojos y los veo. Involuntariamente. Esas personas sin ideal posible, viles y desvanecidas, viven en mi nervio, me penan (como hacen las almas en pena). Sé de ellos aunque no los recuerde.

No hace mucho supe que Octavio de Silva había muerto. Fue en un cóctel. Se celebraba a un grupo de jóvenes cineastas —la promesa cierta de una nueva imagen nacional— que mostraban sus primeros largometrajes. Alguien me presentó con una vieja periodista que había viajado especialmente desde Santiago de Chile a cubrir el éxito seguro (con mis compatriotas, ahora, el éxito siempre es seguro). La experimentada reportera trabajaba en un vespertino, en la sección Cultura y Espectáculos; «aunque en realidad ahora ambos son lo mismo», bromeó ella. Tenía cara de *spaniel*: orejas colgantes alargadas por unos pendientes enormes, dientes barnizados por la nicotina, peluca ondulada *à la garçon*. Se puso a comparar para mí la escena fílmica actual con la de medio siglo antes. Eso me impulsó a preguntarle si había oído hablar alguna vez de Octavio de Silva.

«Por supuesto», me contestó, «hasta lo conocí: fue director de teatro y cine». Recordó que había muerto una década atrás, tal vez más. Ella misma publicó un suelto en la página de Espectáculos de su vespertino, y asistió, por mera solidaridad generacional, al sepelio. Fue muy poca gente. Una vedette apergaminada, en retiro, quizás la primera de la dinastía Ubilla. Uno de esos «académicos de la lengua», que eran cómicos en el Humoresque. ¿Fui alguna vez a ese antro...?

Le contesto que sí. Y me guiña con picardía, mientras se lleva un dedo a la peluca para asegurársela. Ahora que le pregunto, la hago recordar algo más: un viejo comediante de esa época que apareció por el cementerio. Estuvieron evocando juntos a Octavio. El cómico se decía su amigo íntimo, pero sus recuerdos transpiraban mala intención. Según este hombrecito sardónico, Octavio, después de ser una promesa interesante del teatro y cine nacional en los años cuarenta y cincuenta, fracasó porque lo «ojearon». Tratarlo producía una mala suerte instantánea. Un influjo maléfico, una «yeta», lo acompañaba. Ninguna compañía quería subirse a un escenario o un plató dirigido por él, los actores de su época le mostraban «el hombro frío» y se alejaban haciendo diablitos con los dedos y murmurando «culebra, culebra, culebra». El pequeño comediante, más bien zarrapastroso, bajó la voz para recordarle a la periodista que el Octavio que estaban enterrando había ido de mal en peor. Terminó en la cárcel por filmar cortos pornográficos con menores. Luego, a mediados de los setenta se volvió a saber de él. Apareció en programas de televisión, dirigió desfiles y espectáculos de masas para la dictadura, tuvo un breve reencuentro con la fama. Fue su «veranito de San Juan», en medio del invierno. Antes de hacer mutis nuevamente, esta vez para siempre. El supuesto amigo finalizó su relato funeral a la periodista con una metáfora cruel: Octavio de Silva había muerto, fisiológicamente, «treinta años después de su muerte teatral y cinematográfica». Dicho esto, aquel viejo comediante malévolo desapareció, escabulléndose por una avenida del Cementerio General antes de que mi interlocutora pudiera preguntarle su nombre.

Los dientes barnizados por la nicotina de la reportera de Espectáculos se me acercaron más: ¿por qué yo, que soy «tan» joven, me intereso en esa culebra de otros tiempos?

Del mismo modo, sin que yo lo busque, a pesar de que trate de evitarlo, incluso, llegan a mis oídos más fragmentos, más ecos y restos de estos hombres. Hace pocos años se abrió causa en Miami por el extraño asesinato de un médico chileno, cuyo cuerpo descubrieron carbonizado en una playa del golfo. No sé por qué, no me pregunten —el médico asesinado tenía otro apellido—, pero al leer la noticia quedé convencido de que ese retorcido muñeco de carbón, medio enterrado en una duna, debía corresponder a los restos del Doc Fernández. Asociación caprichosa, se dirá. El Doc que yo conocí era probablemente un pequeño delincuente común, fraudulento hasta en el título. Parecía más bien un practicante, un enfermero condenado por propasarse, alguna vez, con una paciente. Y en cambio al otro una organización panamericana lo había procesado en ausencia por prácticas médicas aberrantes. Sin embargo, el recorte amarillento clavado en mi tablero de corcho menciona que ese médico de distinto apellido, endocrinólogo inhabilitado por el colegio de la orden, buscado por Interpol, estaba sentenciado —aun antes de que lo hiciera la justicia— por un enfisema avanzado. Lo que por supuesto me recuerda al Doc, con su aspecto de gitano tuberculoso. Y una oscura nostalgia me sobreviene, como la que sentimos por un enemigo del cual ya no podremos vengarnos.

Nostalgia que se me cura pronto. Apenas vuelvo a «oír» de ellos. Porque siempre vuelvo a escuchar sus susurros. Ni siquiera enterrados o quemados, puedo estar seguro de que hayan muerto. Cuando hay vocación de morir, o matar, la muerte viene a ser una especie de supervivencia. Se sobrevive muriendo. (No espero que se me entienda).

Además, otros tienen que haber sobrevivido físicamente —no sólo en espíritu—. Lucio, por ejemplo. ¿Cómo iba a morir un hombre que «se creía la muerte»? ¿Cómo iba a perderse de vivir en una época que no cree en ella? Estará moviéndose a sus anchas, con sus andares de patrón y sus risotadas hípicas —dueño de una fábrica de botellas, o de una viña de exportación, me lo imagino—, comentando con buen humor lo imbatible, lo «caballa» que está la economía.

Y Vanesa... De ella no he sabido nunca de nuevo, nada. Pero de mujeres como ésa no se vuelve a saber. Y no temo por ella. Una determinación de triunfar, como la suya, no es algo fácil de derrotar. Por el contrario, es inapreciable, hoy en día. Simplemente, no consigo imaginar a esta próspera actualidad prescindiendo de la niña sin infancia que estaba dispuesta a sufrir cualquier cosa con tal de tener éxito. La veo caer sonriendo por el borde de esta historia.

A pesar de ello, ¿se me comprenderá si digo que varias veces, en mis retornos ocasionales a Chile, he salido al azar de la ciudad, tras una cena regada, seguro —sin haber por qué— de que podría encontrármela?

La he buscado en el barrio de El Salto. Inútil. Jamás encuentro esa calle de las veredas devastadas, y mucho menos el negocio clausurado donde vivía; todo parece haber sido tragado por una ciudadela empresarial. La he buscado en el Oliver. Tiempo perdido. El bar cerró sus puertas tras un incendio. Muchos afirman que fue intencional (cortinas de tules en llamas, fantasmas ardiendo tras las vidrieras, siluetas inflamándose y debatiéndose entre los espejos que estallan y la ferretería de oro falso que se descascara...). Hoy el edificio alberga un *fast food* cuyas meseras se disfrazan de payasos.

En una ocasión, le pedí a un taxista que me llevara hasta las puertas de L'Ermitage. Por lo menos éste continúa funcionando. El amor clandestino sigue necesitando sus vías de escape: esas habitaciones donde se viaja, sin moverse, hacia países y vidas imposibles. Vigilé un rato sus entradas, por si veía llegar a Vanesa con un cliente. De pronto creí ver mi antiguo taxi, doblando la esquina, decrépito. Y me fui.

Fracasos que me empujan más abajo. A rondar los barrios rojos de Santiago de Chile, buscándola. El Karin, el Lucas Club, el Traveler's, el Champagne. Lugares nuevos, que añado a esos del siglo pasado: las calles San Martín, Maipú, Emiliano Figueroa, donde los porteros, las madamas, conocían al maestrito. Sitios donde solía pedirme que hiciera un alto para una copita casual, antes de lo que llamaba «la hora brava» de nuestras requisas. En esas desvencijadas antesalas, las amigas del señor que no se quitaba la chaqueta tornasolada —que en esos ambientes hasta parecía elegante— le acariciaban la calva y le encargaban un par de medias francesas de red, la próxima vez «que una cajita se caiga del barco».

(Y no puedo negar esta ternura hacia esa época que fue feroz, y que ahora ha quedado indefensa. Indefensa: una época que nadie defendería —excepto los culpables de ella— y que nadie diría que fue la mejor).

Incluso en esta ciudad lejana, paso a baja velocidad, de noche, por esa calle muy concurrida donde mujeres de todas las razas llevan botas de mosquetero y breves faldas de cuero sintético. Aperos que se alzan cuando se inclinan sobre la ventanilla de un coche descubriendo lo que no tiene ningún misterio. ¿Espero algo, verdaderamente, de ese portal oscuro? ¿Que emerja y se aproxime, sonriendo y contoneándose por la acera, aquella sombra de mi pasado donde sólo la palidez «gótica» no se habrá corrompido?

Qué absurdo, se me objetará. Aunque ella hubiese triunfado, como yo lo presumo, no lo habrán hecho sus carnes, me dicen. Sobre todo tras casi treinta años de «esa vida».

Pero, ¿quién dijo que busco la carne, en estas putas? No, no. No se ha entendido nada si no se ha entendido esto: busco el espíritu de ese tiempo. La forma que tomó el alma en esa época impresionable de la juventud.

También es posible que sea ese espíritu el que me busca a mí.

9. El veranito de nuestro entusiasmo

«¿Quién inventa los chistes? Extinguidos los mitos, el chiste es el último género literario humilde, sin autor. ¿O acaso existirá UN autor secreto, que inventa el humor de cada época? En este caso, ¿no sería ese escritor escondido el más poderoso autor del mundo? El señor de la risa, mis amigos».
Lecciones del seminario. VÍCTOR POLLI

La gran reja oxidada chirría sobre sus goznes. Usted me hace pasar primero, con la elegancia de un agente inmobiliario que me ofreciera en venta una propiedad en la playa. Aunque este predio ruinoso y enmarañado de ningún modo parece en venta. Y si lo estuviera, sospecho que no sería precisamente a nosotros, que antes de abrir el candado herrumbroso hemos mirado en ambas direcciones, como si temiéramos que nos sorprendan los dueños o la policía.

Bajamos entre dos filas de cipreses verdinegros, oscuros, que se mecen en el aire tibio del mediodía. Vamos por un sendero de arena amarilla invadido por las malezas. Malas yerbas tan altas y hermosas que casi parece que alguien las cuidara. Esto, y el silencio sólo roto por el lejano reventar de las olas, acentúa la impresión de esa paz estancada, de camposanto.

Usted va adelante mostrándome el camino. Por único equipaje lleva un maletín de cuero raspado, similar al de un escolar o al de un «gásfiter» —«el que arregla el gas», en chileno y en peruano—. Las emanaciones gaseosas de ese maletín, en efecto, me inducen a sospechar el contenido: algún pijama rancio, tal vez unas pantuflas podridas, todo aromatizado por útiles de aseo baratos —porque espero que alguno tendrá, además de la uña larga del meñique izquierdo.

Durante todo el viaje desde Santiago, Víctor Jiménez-Polli (R) se dio importancia hablándome de las maravillas de esta «casa de la costa», y de las comodidades que nos esperaban en ella. A la altura del peaje de Colina pretendí recordarle el incidente de ayer noche en el Fausto, pero me atajó violentamente:

—¡Ya te pedí que no hablemos del trabajo, pajero! Estamos de vacaciones.

«Vacaciones». Así llama usted al ultimátum que nos dio Lucio, ordenando que viniéramos a encerrarnos en esta «casa de la costa» y escribiéramos el guión sobre *La gran talla de Chile*. ¡Ay, maestrito! Su manera de vivir al día, de no pensar en el mañana; o, más bien, de pensar que el mañana siempre será peor, de modo que comparado con ese futuro el ultimátum de hoy pueda parecer un permiso de vacaciones. ¡Qué hago aquí con usted!

Tampoco tengo ganas de discutir con él su concepto de vacaciones. Se ha mostrado particularmente agresivo desde el inmencionable incidente de anoche y su conclusión, que es este apresurado viaje a la playa. Además, no me la puedo con mi caña, mi resaca, mi cruda. A consecuencias de la trasnochada, y de la brusca exposición al aire puro, al bajarme del taxi me ha dado un mareo. Desde el acantilado que se adivina al fondo del bosque, la mañana sube llevada en andas por el agrio olor a yodo del océano Pacífico y se me mete por las narices. Siento que me gira la cabeza. Todos los colores encendidos por este agosto luminoso de la costa brillan fragmentados, como si al abandonar la capital se hubiera roto el vidrio de un sótano donde nos escondíamos del día.

El edificio al fondo del enmarañado jardín, ya casi sobre el mar, es una casona con forma de barco. De transatlántico, cabría decir, por sus proporciones. Tres puentes. La aguda terraza principal en forma de proa medio volando sobre el acantilado. Una chimenea de la que uno esperaría que, en cualquier momento, emerjan el vapor y el mugido de la sirena. A un costado y ya en el borde del despeñadero, descubro un mástil o palo mayor, con cofa de vigía, sobre la que en otros tiempos se habrán visto ondear banderines de señales. En tiempos remotos. Porque esta casa-buque parece haber naufragado hace mucho, luego de alguna terrible tormenta que la varó en estas alturas, donde quedó encallada como un barco fantasma. Las celosías chuecas colgando de una bisagra, las barandas de las cubiertas chorreando óxido, algunos ojos de buey sin vidrios. Y lo peor: esa terraza de la proa, que vuela arriesgadamente sobre el precipicio, partida hasta los cimientos por una grieta con forma de rayo, producto indudable de algún terremoto de los que prodiga esta costa.

Nada en este caserón, sin embargo, parece alarmarlo a usted. Impertérrito y hasta engreído, ha subido por una escalera lateral, sobre la cual ondean blandamente las hilachas de un toldo de lona verde, quemado por la intemperie. Del fondo del maletín extrae un llavero numeroso con el cual manipula la cerradura del barco fantasma. Nuestra presencia espanta las gaviotas que han anidado en los ojos de buey del segundo piso. Una brisa tibia barre las hojas secas en esta terraza, medio tapando el cadáver de una de ellas.

—¿Te gusta, pajero? —me pregunta usted, sin sombra de ironía, más bien desafiándome a que no me guste.

—Me encanta. Se parece a la mansión de Barnabas Collins en *Sombras tenebrosas* —le contesto, aludiendo a una popular y eterna serie canadiense de horror, que daban por televisión.

—¡Jamás, en tu puta vida de pisiútico de clase media, te van a volver a invitar a una casa tan lujosa como ésta!

Lo ha dicho en serio, me parece. Nunca habla en serio, pero ahora suena mortalmente ofendido. Como si —lo intuyo demasiado tarde— se hubiera hecho ilusiones de que por una vez me iba a mostrar el reverso de aquello que me ha enseñado en los bajos fondos de Santiago de Chile. Como si se hubiera creído su propio juego: que me ha invitado a una semana de vacaciones, a cuerpo de rey. Y que no es Lucio el «rey» que nos ha ordenado venir a encerrarnos en estas ruinas, y nosotros sus sirvientes.

—Lo siento. En realidad, está bonita —le digo, sin saber muy bien lo que digo—. Gracias por invitarme.

Supongo que la resaca me ha bajado la guardia y ha hablado por mí. Haciéndome olvidar que entre nosotros no está permitida esa especie de sentimientos delicados: el arrepentimiento, la gratitud.

El maestrito me queda observando desde el umbral de su buque naufragado. Tan escéptico y asombrado como yo. Finalmente me sonríe con el lado bueno, el contrario de la media sonrisa eterna. Quizás ha decidido lo que yo no: creer en mis palabras. En consecuencia, me hace un ampuloso gesto de bienvenida con el brazo extendido hacia el interior, para que pase delante de él. Ahora puede ser un capitán de yate, contento de que hayan llegado sus invitados y que hasta el clima los acompañe. Con el acento nasal y afeminado de los grandes señores chilenos (especialmente cuando están de vacaciones), usted me comenta:

—¿Te das cuenta, muchacho? Lo regio que es un veranito de San Juan en la costa.

* * *

El resto del día transcurre como corresponde a una casa de playa. Nos asignamos nuestras habitaciones. El maestro me deja el dormitorio principal, en el segundo piso o cubierta, con el balcón que asoma sobre la aguzada (y agrietada) proa de la villa. Esa terraza que se proyecta audazmente, desde la cubierta inferior, volando sobre el acantilado que cae a pico hasta las rompientes del océano en la caleta de allá abajo. Usted se reserva un «camarote» más atrás, entre los muchos que aparecen a cada vuelta de pasillo. Será un buen lugar para trabajar, me ha dicho. Porque al fin y al cabo se supone que a eso hemos venido. Yo debo transportarlo, hacerle las compras, servirle, y pasarle en limpio los chistes y ocurrencias geniales que sin duda se le ocurrirán en este «ambiente creativo». Nos han dado el plazo perentorio de una semana para escribir de una buena vez ese guión para *La gran talla de Chile*.

Resulta innecesario, supongo, ir a buscar más lejos las causas de su insoportable mal humor. Anoche, en un rincón del Fausto, luego de la cacería y la cachetada homérica. Luego incluso del «fusilamiento de los maricones» con los flashes, Lucio se sentó junto al maestro y lo abrazó. Algo le decía, con los dientes equinos pegados al oído del hombrecito (con la escasa luz hacían el efecto de un caballo de carreras abrazando a su jinete). A juzgar por el modo como el maestro sudaba, se retorcía las manos, se deshacía en gestos exculpatorios, este tratamiento era incluso más efectivo que la bofetada.

Alarmado, me acerqué para oírlos. Como era previsible, usted me echaba la culpa. ¡Me culpaba de todo! La responsabilidad de educar a su aprendiz —o sea a mí—, de enseñarle a ese «pajero ignorante» lo mínimo indispensable para sobrevivir de noche, no lo había dejado concentrarse en crear (usó esa palabra) los chistes y las tallas.

Si hubiera estado menos borracho, supongo que me habría ido de una vez. En cambio, salté a desmentirlo. Le grité a Lucio que era él, este viejo flojo, el culpable. Este veterano mugriento quien, en vez de contarme los chistes que se supone yo debía anotar, me llevaba a fuentes de soda y quintas de recreo de la peor calaña, donde les robaba chistes a sus amigotes. Y algo peor...

El resto del elenco de la proyectada película se había ido acercando hasta rodearnos. Ahora todos esperaban con el alma —es un decir— en vilo, lo que yo iba a agregar.

—¡Fomes! —agregué, vagamente consciente de la alarma con que era recibido lo que empezaba a decir—. ¡Las tallas que me cuenta no pueden ser más aburridas!

Peor que si hubiera dicho «flojo». Peor que si lo hubiera acusado de ser un infiltrado o un soplón. Sólo comparable a un traidor, supongo. Tal era la magnitud del delito del maestro que yo había puesto en evidencia. O por lo menos así se veía en los ojos consternados de la «compañía».

—Claro, si yo siempre lo dije. ¡Este puto mentiroso no tiene ni una gracia! —gritó Magali, al borde la histeria.

Sin embargo, no se podía decir mejor: el maestrito era un viejo sin gracia, caído en desgracia, desgraciado, que nunca la tuvo o que la había perdido.

Finalmente, Lucio nos calmó chasqueando la lengua, como se hace con los perros:

—Está bien, está bien. Así son los artistas, muchachos. Débiles, pero creativos. Cuando se empacan hay que huasquearlos. Al maestrito, como a todos los genios, hay que apremiarlo un poco, a veces, pero al final demuestra que es de corazón leal.

Creo que me pregunté cómo lo sabía, en qué experiencia se basaba para decirlo. ¿Cuándo, en qué circunstancias, el maestro había sido «apremiado» y su corazón se demostró «leal»?

Ésa, como tantas otras preguntas, quedaría sin respuesta (o casi). Lucio decretó que al día siguiente —o sea hoy mismo, porque ya amanece y conviene cambiar de tiempo— partamos a la casa de la costa, para encerrarnos en ella, y allí, en el plazo de una semana, debemos «parir» de una buena vez el guión.

Éstas son las «vacaciones» a las cuales me ha «invitado» usted.

* * *

Después de un rato vagando por numerosas habitaciones —algunas vacías, llovidas, con los vidrios rotos y el piso quemado—, me encuentro en el vasto salón de muebles confortables, tapados con fundas blancas. El pesado olor a moho se ha disipado al abrirse los ventanales que dan a la terraza principal o proa. Desde el interior no alcanzan a verse los roqueríos al pie del edificio (y con algo de buena voluntad puede olvidarse la grieta amenazadora que parte hasta los cimientos esta terraza). Entonces se manifiesta la intención, el ingenio, la poesía incluso, de quienes concibieron esta mansión en forma de buque varado. El mar rueda incesantemente bajo nosotros y parece que zarpamos, navegamos, nos vamos, saliendo de la bahía en forma de herradura hacia el océano abierto. El Pacífico azul que en la tarde será color de hierro verde, al ponerse el sol de vidrios dorados y, al anochecer, de lajas de piedra negra y pulida, flotando.

El maestro lleva tan lejos su charada de anfitrión que aparece junto a mí con un cóctel sobre una bandeja. Exactamente como el camarero en un barco de lujo. Detenido a mi lado, contempla un momento el paisaje marítimo, la rada enmarcada de pinos. Y suspira. Luego me explica que él no beberá sino agua, porque se pondrá a «trabajar» de inmediato.

—Tengo que repasar los chistes que recogimos.

Y me indica la libreta roja donde anotó esas tallas que recolectaba por los callejones meados de la ciudad. Aunque usted sabe que yo sé demasiado bien que sólo contiene chistes fallidos, bromas malas y sin gracia.

Estoy a punto de advertírselo: ¡por ningún motivo voy a someterme de nuevo a la tortura de que los pruebe conmigo! No podría tolerar que me cuente sus tallas, una por una, con distintos adjetivos y gestos, a cual más grotesco, intentando arrancarme una carcajada o al menos una sonrisa. Buscando en mí aquella gracia irresistible que ha perdido (si es que alguna vez la tuvo).

Pero no hay necesidad de que se lo advierta. Usted sabe que me negaré, supongo. Y en cambio me recomienda, plagiando una vez más el estilo de un patrón de yate que acabara de atracar en este balneario marítimo, que «pasee». Hay paseos «muy gratos». Una rambla que sigue toda la costa hasta la otra punta de la bahía, me dice. O si lo prefiero, a bordo tenemos una biblioteca mediana, con novelas policiales, si se me antoja leer («tú que erís culto de veras, cabro pajero»). Luego se permite un instante para aconsejarme, ambiguamente, bajo el bigote teñido:

—Aprovéchate, pajero. Aprovecha tu libertad.

Expelida por la comisura de esa media sonrisa eterna, y navegando a bordo de esta casa buque fantasma, que no va a ninguna parte, la palabra «libertad» me suena extrañamente amenazadora.

* * *

Toda esta semana brilla un sol glorioso, y hasta cálido. Es un veranito de San Juan, como me lo anunció el maestro. Ese que en nuestra latitud del hemisferio austral a veces sobreviene en junio o julio. Pero que ahora ocurre tan retrasado, a mediados de agosto, que casi parece haberlo hecho ex profeso, por nosotros.

Doy esos paseos que el maestro me aconsejó. Sigo la rambla desierta, bordeando los roqueríos donde el oleaje del Pacífico viene a estrellarse, desmintiendo su nombre. La rambla termina en la terraza de un restaurante en la otra punta de la bahía. El local permanece cerrado durante el invierno y yo me siento en el borde de la terraza desierta, bajo el letrero de neón entierrado que se mece sobre la playa, y contemplo las casas del balneario trepadas en las colinas, vacías, con sus postigos echados. Cuando quiero oír voces humanas me acerco a la caleta de pescadores. Pido una cerveza mientras espero que saquen de sus conchas los mariscos que compro para la cena; el maestrito los prepara cada noche, silbando, con la habilidad un poco tosca, pero sabrosa, de un puestero del mercado central.

Los pescadores que me los venden, sin embargo, me hablan poco. Desde que saben que vivo en «la casa del buque» (les falta poco para agregar «fantasma») me atienden con aire circunspecto. Comprendo que esa casa evoca algo para ellos. Algo que, por supuesto, no es cosa de preguntar directamente. Pues se viven «tiempos de excepción» en los que no se habla así no más con extraños.

No obstante, cuando al atardecer retorno, trepo el sendero del precipicio y abordo el barco encallado que habitamos, lo hago como si volviera a un hogar. Y en él me esperara, silbando en la cocina, el padre que no conocí.

Porque muy a mi pesar debo admitir que me he encariñado con usted, maestrito. A pesar de su lenguaje vil y de su aliento no menos podrido, de sus bromas siniestramente aburridas, de su deslealtad patente. A pesar de que usted —como hizo la otra noche en el Fausto— no trepidaría en culparme de lo que fuera, en arrojarme a los leones, con tal de salvarse.

A pesar de esos pesares, siento una afinidad creciente con el maestrito. Afinidad que preferiría no llamar «afecto» —porque empieza a no estar de moda manifestarlo—, pero que tampoco cabe negar. Si se me pidiera una explicación sólo se me ocurre una. Y es que voy sabiendo que yo no soy mucho mejor.

También yo lo traicionaría, maestro. Lo entregaría, lo delataría, lo abandonaría a su suerte, con tal de salvarme. Y no hablo figuradamente. Este tiempo es pródigo en pruebas de ese tipo —lo que de pasada demuestra que es una época emocionante—. Por ejemplo, el ultimátum que nos ha dado Lucio: *La gran talla de Chile* debe estar escrita en una semana. Si no... Pues, por lo que a mí respecta, si usted no es capaz de exprimirse un chiste gracioso, un mínimo argumento cómico, si sigue en esta progresiva e imparable pérdida de gracia, yo no voy a pagar los platos rotos. No, señor. Lo dejaré solo sin el menor escrúpulo. Más aún, lo indicaré con el dedo, lo denunciaré y diré dónde se oculta si llega a ser necesario. No pienso sacrificarme por usted, ni por nadie.

¡Se lo advierto, maestrito! Soy un digno hijo de mi tiempo (que me prepara para los que vendrán). Sólo estoy dispuesto a aprender lo que me convenga. Y una vez aprendido, ni sueñe que no lo usaré contra usted.

Ni siquiera me hace falta decirle esto que pienso. Basta con mi mirada de reojo y con el rizo de su media sonrisa eterna, para entendernos. Tanta es la afinidad —ya que no el afecto— que hemos logrado. Digno maestro mío, usted sabe que lo traicionaría, porque usted haría exactamente igual.

* * *

Víctor Jiménez-Polli (R) sale de vez en cuando a darse una vuelta por la cubierta de proa. Hay que decir que ni acá en la costa deja de llevar su traje café tornasolado y su corbata de pajarita amarilla. Ahora pasa sin verme, ajeno a mi presencia en esta silla de lona reclinada. Murmura algo incomprensible. Parece tan absorto en su creación cómica que incluso habla con sus personajes. Hasta abrigo la esperanza, por un segundo, de que efectivamente se haya inspirado. Luego creo entender lo que dice: que está cagado, que sabe que no va a poder hacer reír a nadie...

Yo también creo que no va a poder, maestro. Si habitualmente, cuando se queda a solas (o conmigo, que es lo mismo), usted pierde toda la gracia, acá en la costa le ocurre algo peor: proyecta una imperdonable tristeza.

En eso el maestrito me detecta hundido en mi silla de playa, a un costado de la terraza. Se da cuenta de que ha estado hablando solo y en serio (en serio, eso es lo peor) y que yo lo estuve espiando. Viene hacia mí como un poseso, con las vueltas de los pantalones demasiado cortos flameándole a la mitad de sus canillas. Se agacha sobre mí y me toma por un brazo, mientras mira para los lados como si algo amenazara a esta casa o a este balneario vacío, o a este país. Supongo que va a putearme, antes de escucharlo susurrar, indicando el cierre de mi pantalón:

—Si quieres ser fuerte y sano, ¡suelta eso que tienes en la mano!

Me miro perplejo la entrepierna, antes de advertir que otra vez he caído en su trampa. En su doble trampa, maestro. Porque recuerdo esa rima mugrienta de los baños, de las letrinas del internado. Una inscripción irónica a costa de los masturbadores que nos escondíamos allí a practicar nuestro amor solitario. Creí que me iba a insultar por estarlo espiando. Y en cambio usted ha adivinado, sin necesidad de espiarme, lo que yo hacía mientras contemplaba la gloriosa vista del mar desde esta terraza: soñaba. Es decir, ¡me pajeaba! Me pajeaba, sin confesármelo ni a mí mismo, soñando —entre otras cosas tan imposibles como esta belleza marítima— con la hiervepicos, la trepadora de obeliscos peruano-japoneses.

«Si quieres ser fuerte y sano/ ¡suelta eso que tienes en la mano!». Con ese proverbio de retrete el maestro me ha querido decir, una vez más, que deje de masturbarme. O sea, de soñar. ¡Todo lo contrario de aquello a lo que me habría animado el profesor Polli, el literato y humanista, quien nos estimulába a enriquecer y embellecer nuestra lengua, porque con ella seríamos capaces de soñar, y acaso crear, otra realidad!

No, éste no. El maestrito me urge a que deje de flotar sobre el mundo como un Peter Pan, y crezca. ¡Porque a Peter Pan hace tiempo que se lo culeó el capitán Garfio! ¡Y con el garfio!, podría agregar yo, contagiado por la elegancia verbal de este impostor. Y furioso conmigo mismo por haber sido descubierto.

—Deja de pajearte, huevón. Y arranca de este país —me enfatiza usted.

Dicho esto último, vacila, retrocede, va a escabullirse hacia el interior de la casa-barco. Pero luego lo piensa mejor y vuelve rascándose la calva con un dedo, enfrascado en lo que parece un problema insoluble, de esos de la astrofísica:

—Mejor no. No sacaríai nada con irte.

10. La dichosa terraza del presente, cuatro

—El veranito de San Juan —me dijo Zósima, interrumpiéndome.

Nuevamente había repetido mis palabras, luego de madurarlas un largo rato; tanto que yo casi las había olvidado.

A todo esto, los primeros comensales de la hora del té, de la hora de «onces», como se denomina ese ritual desde la Colonia, en tierras chilenas, habían empezado a llegar a Le Flaubert. Más que nada, señoras acomodadas que dejaban temprano sus oficinas de «relaciones públicas», de «interiorismo» o de psicología *part-time*, para venirse a tomar el té y chismear. Arte llevado por las chilenas a una quirúrgica crueldad denotada en el verbo «pelar». Posiblemente, los primeros «pelados», desollados, despellejados vivos, fuimos nosotros. Nuestra presencia en el patio, borroneados por la luz desfalleciente, en la desaseada mesita de mármol presidida por una botella de pisco Artesanos del Cochiguaz, decía a las claras que éramos unos borrachines pegados allí desde el almuerzo. Yo, que mientras más pisco bebía menos podía detener el torrente de imágenes que la malhadada mención (hecha por mi amigo) del imposible encuentro con nuestro profesor de castellano había desatado en mi incontinente memoria. Y también el desmelenado Zósima, quien, aunque sólo bebe agua mineral, se emborracha a su modo, con lenguas, gramáticas y etimologías raras.

—El veranito de San Juan, en español del Coño Sur. El veranillo de San Martín o San Miguel, en español de España. El Indian Summer, en inglés de los Estados Unidos. El Altweibersommer (el verano de la viejas o viejas tejedoras, las parcas con el pelo blanco de telas de araña), en alemán de Alemania...

—¿Adónde quieres llegar? —exclamé, atajándolo, temiendo que Zósima siguiera inventariándome los nombres de esa anomalía climática hasta el croata o el quechua, incluidos.

—Pensaba... Sólo pensaba.

—¿En qué? Tú nunca piensas, solamente. Eso lo hacemos los demás.

—Pensaba que nuestra época —Zósima insistía en fecharnos con esa desgraciada expresión, «nuestra época», a pesar de mi desacuerdo— pudo ser como un veranito de San Juan para algunos. La dictadura pudo ser una segunda o, incluso, una última oportunidad para un viejo como el maestrito de tu historia, por ejemplo. Y para tantos que creían que su época ya había pasado.

Intentando reacomodarme en la silla, amparado por la luz decadente (pero cálida, veraniega) de la terraza, recordé ahora otra cosa. Algo que la vetusta periodista de Cultura y Espectáculos, con la peluca *à la garçon* y los dientes barnizados, me había dicho cuando me contó el funeral de Octavio de Silva. Yo le había preguntado —con cierta ingenuidad, que a pesar de los años no se me quita— si ella creía que Octavio había sido fascista. «Quizás, de viejo. Y entonces no por convicción, sino por desesperación».

—Sí, interesante —le dije a Zósima, desconfiando—. Interesante, pero tú no estabai pensando en el veranito de San Juan, solamente.

Zósima se rió, pillado. Me observó con los ojos maliciosos, brillando tras los cristales remendados, desde el otro lado de la mesita cuya cubierta de mármol, ahora que había atardecido, se sentía no sólo fresca, sino fría, como una verdadera lápida. No, por supuesto que mi excéntrico amigo no había estado asociando esas ideas de manera casual, nada más. E inflando su abombado pecho, me recitó con un acento que hizo vibrar sobre el mármol la botella de pisco que a estas alturas Nelson, el mozo, había decidido dejarme, en lugar de seguir sirviéndome a vasitos:

—«Now is the winter of our discontent/ Made glorious summer...».

Y me tradujo:

—Ahora, el invierno de nuestra desventura/ se ha transformado en un glorioso verano...

La escena primera de *Ricardo III*, de Shakespeare. ¿La recordaba yo? ¡¿Recordaba siquiera a Shakespeare?! La verdad es que Zósima ya no se hacía muchas ilusiones de que yo comprendiera siquiera esas líneas elementales (para él). Así es que, luego de identificarlas y traducirlas para mí, decidió ir al grano de su idea:

—¿Y qué pasaría si fuera cierto lo que decía antes el diputado? ¿Si el veraniego y pacífico tiempo de hoy día fuese, en realidad, el mejor de todos?

—O sea que ahora estái pensando lo contrario de hace un rato. Estái pensando al revés. ¡Estái haciendo palíndromos!

Zósima había conseguido irritarme de verdad con sus constantes interrupciones filológicas a mi historia del maestrito, que él mismo había provocado. Aunque también podía ser culpa del pisco puro, que es una bebida andina, es decir, destilada de resentimiento puro.

Como sea, mi amigo continuó tirando del hilo delicado de su idea, sin hacerme caso:

—Sí, pensando por el revés. ¿Qué pasaría si la triste verdad fuera que nosotros dos, e incluso toda nuestra generación, somos como Ricardo III, el rey resentido y contrahecho, que no se sentía apto para la felicidad presente, y por lo tanto la odiaba y quería matarla?

Tuve que reconocer, para mis adentros, que era una idea inquietante, perturbadora. Una idea que merecía un pisco doble, me dije, echando mano de la botella de Artesanos del Cochiguaz. Porque lo más probable es que Zósima ya hubiera pensado cómo esa misma idea se ligaba con mi relato y hasta lo modificaba. Mientras al mismo tiempo recitaba a Shakespeare con su portentosa voz de monje ruso:

—«Now is the winter of our discontent/ Made glorious summer by this sun of York;/ Now are our brows bound with victorious wreaths;/

Our bruised arms hung up for monuments...».

Y Zósima se interrumpía para traducirme, libremente: aquel sanguinario arco de guerra es el que ahora se corona de victoriosos laureles; aquellos brazos amoratados que lucharon son los que hoy penden graciosamente, posando para sus monumentos en vida.

¿Me daba cuenta yo, sí o no, de la sutileza del «dulce cisne del Avon», de su genio, de cómo conocía ese carajo el alma humana, tan bien y tan universalmente que incluso esos versos podrían aplicarse a un alma contemporánea, española digamos, o hasta chilena? (Si «alma» y «chilena» fueran palabras que pudieran asociarse sin abuso, agregó Zósima).

Porque lo que una lectura atenta de Shakespeare podía sugerir era que aquel invierno de la guerra y el dolor que habíamos vivido, ya tantos años atrás, no sólo precedió sino que *engendró* el presente verano (o veranito) de nuestro entusiasmo.

—Engendró, en el sentido también de haber producido un «engendro» —me precisó Zósima.

Nuestros gritos de guerra se habían transformado en alegres encuentros (como el de ese mediodía en la mesa del diputado, por ejemplo). Nuestras espantosas marchas, los exilios, las persecuciones y huidas, se convirtieron en deliciosas medidas («dreadful marches to delightful measures»).

—Medidas —subrayó esta vez Zósima.

¿Me daba cuenta yo, o no? Medidas de gobierno, por ejemplo. Medidas en el sentido de gobernarse, de no excederse y hasta de ser «comedido». Medidas que hasta podían significar «tallas» en el dialecto chileno. (Y esta fue la única forma, durante esa larguísima tarde, en la cual Zósima aludió —sin mala intención, eso sí— a mi fallido doctorado sobre «Grosería y Humor» en este dialecto que los chilenos creemos que habla todo el mundo).

—But, I...! —rugió de pronto Zósima.

Y yo me sobresalté, temiendo que en cualquier momento la encantadora y comprensiva dueña de Le Flaubert viniera de una vez a expulsarnos. Porque habría que oír a Zósima bramando ese «I». No un «ay» cualquiera, sino un «¡AAOOHYY!».

Un «I», me explicaba mi amigo, que cae como un estilete, o un hacha, separando esos versos en dos. Separando a Ricardo III de estos felices y débiles tiempos de paz («this weak piping time of peace»). Dividiéndolo a él —y tal vez también a nosotros, si yo me decidía a aceptar esta idea que él había sacado del revés de mi relato— de aquellos inmortales que habitan la dichosa terraza del presente, como el diputado y sus jóvenes y poderosos amigos. Separando al rey contrahecho y resentido —que tal vez éramos nosotros mismos— de esos guerreros de otrora cuyo ceño furioso hoy se ha distendido, y que, en lugar de montar sus «corceles de batalla» («instead of mounting barbed steeds»), hacen ahora:

—«¡Cabriolas en las habitaciones de las damas!» —volvió a rugir Zósima.

Con voz tan rotunda que en el inmediato saloncito de té de Le Flaubert, abierto sobre la terraza, se pudieron oír las cucharillas de las agentes de viaje y las psicólogas de medio tiempo, que tomaban «onces», revolverse nerviosamente en sus tacitas. Como si esa pasmosa voz de pope (ya no del rito gregoriano, sino inglés isabelino, si tal cosa fuera posible) se hubiera referido precisamente a sus maridos y amantes. Esos guerreros de antaño o hijos de guerreros de antaño que, a la hora del almuerzo, ocuparon las mesas de esta dichosa terraza. Como si ellos, después de haber ganado la guerra —no importa en qué bando, porque ambos bandos la habían ganado—, fueran quienes ya no montaban en «corceles de batalla», sino en ellas mismas —así es de capaz y de malévolo en sus inflexiones verbales el pope Zósima—. Y montados en ellas hicieran cabriolas «en las habitaciones de las damas». Hicieran el amor en vez de la guerra, en este débil y borboteante tiempo de paz.

¡Pero nosotros no! Nosotros, los reyes contrahechos por el pasado y desdeñados por el lascivo presente, no podíamos hacer esas cabriolas. Zósima continuó recitando con voz cada vez más alta y tonante:

—«¡Pero yo, que no estoy formado para esos trucos deportivos./ Ni para cortejar los amorosos espejos./ Yo..., deformado, inacabado, enviado antes de tiempo a este mundo,/ apenas hecho a medias, y tan feo/ que los perros me ladran cuando paso cojeando junto a ellos...!».

Y, para actuar lo que recitaba, Zósima se puso de pie y cojeó un poco —o, más bien, muchísimo— por la terraza vacía y oscurecida de Le Flaubert. De manera que a mí no me cupiera duda de dos cosas. Una, que la pedagogía teatral del profesor Polli había sido tan fecunda en él como en mí. Y dos, que así como yo me emborrachaba con pisco añejo, Zósima lo hacía con su filología, con su embriagadora adicción a las palabras y sus sonidos. Con el sonido a estilete y hacha de ese bronco y feroz «But, I!» que volvió a declamar. Esta vez, bramándolo directamente hacia el interior del saloncito de té:

—¡Beot aohhhyy!

Antes de volver a sentarse riendo y acezando, echándose para atrás la melena estriada de canas y limpiándose los anteojos con la punta de la camisa de fibras ásperas y naturales, propia de un ermitaño. Se veía feliz, como un niño que ha hecho una travesura. Feliz no sólo por la felicidad que le proporcionaba el lenguaje, sino por la dicha con la cual adivinaba que a sus espaldas un par de esas mesitas femeninas de reporteras de moda y decoración se estaban vaciando, precipitadamente. Vaciando y, a la vez, llenando de alegría a Zósima, quien, como buen monje, es un poco misógino.

Aunque no sólo a esas mujeres «peladoras» había conseguido ahuyentar mi amigo con su formidable actuación. Sus espantosos rugidos me pusieron tan nervioso (otra vez aquel miedo amarillo y minúsculo al qué dirán) que, sin darme cuenta, me había estado bebiendo su agua mineral —sin gas—, de modo que se me espantó un poco la borrachera. Fenómeno que, por otra parte, sería lo único capaz de explicar que lograra seguir la sutileza con la que enseguida él, ya mucho más calmado y en voz baja, me comentó:

—Pero, ¿y si pensáramos una vez más por el revés? ¿No sería la fealdad de Ricardo III, a la que se refiere Shakespeare, más bien una deformidad moral y simbólica, atribuible a todo su reino? ¿Una tara del propio tiempo de paz en el que vive este rey? ¿Algo así como una joroba de esta misma época que, de tanto mirarse en el espejo y encontrarse bella, no se ve la espalda curcuncha?

Esa joroba moral, me sugería Zósima, no tendría nada que ver con la política o la memoria. Más bien, esa corcova de nuestra actualidad consistiría en nuestra inmoderada pasión por la supervivencia, por la inmortalidad material, la del cuerpo y su belleza. Nuestra incapacidad de tratar con la muerte. Nuestra patética necesidad de esconderla, de negarla, aunque sea a expensas de sentir; o sea, de vivir. Porque quien vive sin la muerte, muere sin haber vivido. Y en ese caso, se preguntaba Zósima:

—¿Quiénes son los deformes, los «cheated of feature», los enviados a este mundo apenas hechos a medias? ¿Nosotros o ELLOS? —Zósima recalcó ese pronombre, tal como lo había hecho yo en mi relato, antes de agregar en voz mucho más baja —: ¿O jorobados estaremos todos los que compartimos esta época sin tragedia?

De modo que, quizás, Zósima no había estado pensando lo contrario de lo que afirmó ante el diputado. No había pensado al revés, sino por el revés. Después de todo, no creía que esta fuera la mejor época posible y nosotros unos descastados, sino que, más bien, creía que esta época, *leída en sentido contrario*, decía lo mismo que aquella negra época pasada. Exactamente como en un palíndromo: la frase tiene un solo significado pero dos *sentidos* (o sea, al darla vuelta la hemos enriquecido).

Quizá se me hubiera despejado un poco la borrachera, pero no lo suficiente como para entenderlo del todo y contestarle algo. Me dejaba perplejo. Necesitaría tiempo para pensarlo.

—Vas a tener tiempo, cuando escribas esa historia del maestrito.

—Si la escribo...

—Si la escribes. Y a propósito —intercaló Zósima, iniciando una de sus sonrisitas burlonas que confirman a quienes lo conocemos que él nunca pasa a otra cosa, sino que da largos rodeos para volver a lo mismo—. ¿Los viste alguna vez de día?

—¿A quiénes? —le pregunté, desconcertado.

—Al maestrito, a los hombres de Lucio, en fin.

—Por supuesto, si te estaba contando de la casa-buque en la playa, por ejemplo...

—Pero esa casa no vale, es demasiado rara. Parece encantada. Y todo el resto de tu cuento... ¿no me decías que pasó en invierno y en

Santiago? Piénsalo bien: cuando era de día, ¿no estaba tan oscuro por la contaminación que no se podía saber si ya se había puesto el sol?

Me estaba hueveando otra vez. Seguía con su broma de los vampiros, sin duda. Pero como me vio en ánimo de protestar, decidió atacarme por el flanco:

—Este amor inmoderado a la supervivencia... Ricardo III sobrevivió al invierno del descontento. Igual que nosotros. Y que ELLOS. La pregunta es: ¿mediante qué pacto diabólico, truco o magia, se sobrevive tanto?

Al menos esto era más fácil. Obviamente, Zósima quería que aceptara que el pacto, truco o hechizo para la supervivencia del maestrito y sus amigotes, y acaso de nosotros mismos, tenía que estar en su inaudita capacidad de adaptación. Todos nosotros —especialmente los más adaptables, es decir, los más jóvenes— seríamos unos expertos en sobrevivir a toda costa. Y, en cierto sentido, sobrevivir no es vivir. La supervivencia consiste en seguir estando aquí, «sobre o luego de la vida». ¿Me daba cuenta yo? Un superviviente no está vivo ni muerto. ¡Como los vampiros! Como ese hombrecito idéntico a nuestro profesor de castellano que Zósima vio en el centro el otro día, todavía vivo e igual a sí mismo, cuando debería llevar muerto tantos años.

—Hasta te diré que también Ricardo III pudo ser un vampiro. Claro, fíjate bien: odiaba el verano, la luz, el sol. Echaba de menos aquel invierno del descontento. Prefería la sangre a «hacer cabriolas en las habitaciones de las damas».

Me reí de buena gana. Y sí, creo que pensé —mientras se encendían los tres faroles en la terraza de Le Flaubert, y Nelson empezaba a tender los mantelillos preparando las mesas para la hora de la cena—, sí, eso de Ricardo III estaba bueno. Si me acordaba al día siguiente, cosa cada vez más improbable a esta edad, me prometí que iba a anotarlo, para incluirlo en esta historia. Eso, si alguna vez me acordaba, también, de escribirla.

—But, I... —volvió a gruñir Zósima.

Pero esta vez más suavemente. Sólo para Nelson, que nos sonrió en forma cómplice. Y enseguida vino, gentilmente, con un fósforo encendido entre los dedos —así de mansa era la noche— a prendernos la vela en el fanal de nuestra mesita.

* * *

La mañana previa al día fijado para nuestro regreso —y víspera del vencimiento de nuestro ultimátum— el maestrito aparece en la terraza de la proa. Arrastra una silla de lona hasta ponerla junto a la mía, se encasqueta un pañuelo con cuatro nudos en la cabeza para protegerse la pelada y se tiende, tan campante, a tomar el sol.

Tal gala de cinismo sólo puede significar una cosa: que ha renunciado a la apariencia siquiera de realizar el trabajo para el cual nos recluyeron en esta casa. Y que prefiere disfrutar las últimas cuarenta y ocho horas, o menos, que nos quedan en ella —y acaso en esta vida— para tomar sol y aire de mar. No me ha dado ni una línea a copiar, ni una escena que pueda desarrollar a partir de algún chiste suyo. Muchísimo menos creo que pueda haber encontrado la famosa *Gran talla de Chile*».

¡Esa talla! Esa piedra filosofal con la cual el maestrito engatusó a Lucio asegurándole que cambiaría el humor de nuestra patria y acaso hasta el de nuestra época. Sí, porque últimamente ya no sospecho sino que estoy seguro de que es usted, maestro, quien metió en esa cabeza equina esta idea mesiánica. Como sea, también resultaría inútil preguntarle. Estoy cierto de que me mentiría: es la única certeza con usted, después de todo.

Aceptado aquello, lo mejor es vivir al día. Relajarse. Hacer como usted, que, con el pañuelo de los cuatro nudos en la calva, lee una de esas novelas policiales de hace décadas, que hay por rumas en la biblioteca de placer de nuestro buque varado.

Un rato después, en el interior de la casa, resuena un estampido. Abstraídos como estamos en nuestras respectivas negaciones de la realidad, ambos nos sobresaltamos. Ha sonado como el tiro de la pistola de un suicida. Y los dos quedamos sobrecogidos, mirándonos desde nuestras sillas de playa, cuando ahora se distinguen claramente pasos, crujidos de puertas, hasta un inquietante silbido. Hemos sido descubiertos, me dice su despavorida mirada de roedor amenazado. Si son fantasmas o seres vivos los que vienen a pedirnos cuentas, no hace mucha diferencia. No debiéramos estar acá, siempre lo he sentido. Pero antes de que ninguno de los dos tenga tiempo de huir, Vanesa entra en la terraza de la proa y viene directamente hasta nosotros.

—¿Así trabajan en la playa, los perlas?

Ha dejado caer a sus pies una mochilita de tela de jeans y nos observa con los brazos en jarra, fingiéndose furiosa. Lleva el uniforme de colegiala. Y hasta un par de trencitas, o chapes, a los costados de la adorable cabeza. Con ellos se ve francamente de doce años. Sobre todo porque no luce las medias de red, ni los zapatos de tacones aguja. Enseguida se ríe, feliz de habernos asustado.

—Se cagaron de miedo, ¿ah? Los muy flojos. Ya, háganme un hueco que yo también quiero trabajar como ustedes.

Unos segundos después se ha quitado los calcetines, los zapatos, el jumper azul y el sostén celeste. Ataviada sólo con los brevísimos calzones rojos que ya conozco, y con las tetitas núbiles al aire, tiende sobre el suelo de baldosas una toallita blanca que traía en la mochila. Y se recuesta a tomar sol.

Todo ha ocurrido tan rápido que ninguno de nosotros acierta a reaccionar cuando Vanesa nos pide que le untemos el bronceador que venía en la misma bolsita.

—¡Qué me miran los dos huevones! Como si fuera la primera vez que me ven en pelotas.

Por fin, usted obedece. Con el pañuelo de las cuatro puntas atadas en la cabeza se arrodilla sobre el suelo y comienza a esparcirle esa «leche bronceadora hawaiana». Un líquido turbio, que huele a barro, y que la va bronceando mágicamente bajo nuestros propios ojos. La palidez natural, «gótica», desaparece bajo el bronceado artificial. Que oculta también unos inquietantes moretones en sus piernas y brazos. Los cuales por otro lado ella luce con perfecta naturalidad, como si fueran las marcas propias de una vida nocturna.

Por otra parte, no se puede negar que el maestro la unta con pericia. Tendré que agregar esta alternativa a los infinitos pasados posibles de Víctor Jiménez-Polli (R): masajista del Sauna Mundt, del Baño Turco Miraflores. No tiene complexión para ello, pero presumo que sus dedos ágiles y finos pueden llegar más profundo entre músculos y vértebras. Y me maravilla una vez más su infinita capacidad para camuflarse y cambiar de piel. Al menos Vanesa, que tiene sólo un catorce por ciento de grasa corporal («soy puros huesos»), parece disfrutar intensamente del masaje. Se contorsiona y estira, gime y maúlla de placer, al punto que me provoca unos innegables celos de sus manos, maestro.

—Maestrito mío, tan cariñoso —oigo que le dice ella, dejándose acariciar.

Por su parte usted, experto en sacar partido de las mínimas ocasiones que le da la vida, no va a perderse ésta. Así es que masajea más de la cuenta la cara interior de los muslos, mientras le pregunta con apenas velada picardía:

—Y dígame: ¿a qué vino, mijita?

—A tomar sol. Supe que hacía buen tiempo en la costa y me vine de vacaciones. Como ustedes... —le responde ella, cínicamente, y lanza un gritito de placer cuando la mano izquierda del maestro, la del meñique con la uña larga, roza «casualmente» el pubis que abulta el vértice del calzoncito.

—¿Y cómo viajó hasta acá, mijita?

—Haciendo dedo.

—¿Vestida con uniforme de colegio?

—Por supuesto. ¿Quién va a dejar botada en la carretera a una pobre liceana?

—¿Y sabe Lucio que viniste a vernos?

—¿Y usted por qué pregunta tantas huevadas, maestrito?

—¿Sabe o no sabe? —insiste el maestro, untando ahora el bronceador en la base de los pechitos blancos con más fuerza de la necesaria.

—Por supuesto que sabe.

—No me mientas, Vanesita... —le advierte usted.

Y el maestro, mientras pronuncia estas palabras, alcanza los pezones agudos y negros y los pellizca repetidamente con los dedos aceitosos. Que la víctima lo goce no significa que no sea una tortura efectiva. Porque finalmente Vanesa, riéndose y gimiendo de placer, lo confiesa:

—No, Lucio no sabe. Me escapé.

—¡Chucha! —grita usted.

Y se pone en pie casi de un salto. Se arranca de la calva el pañuelo de los cuatro nudos y se restriega las manos con él, abrumado:

—¡La cagaste! Ahora sí que nos van a cortar las bolas a todos. Bueno, a ti las tetas.

Y de pronto detiene su paseo por la terraza de proa, se queda paralizado, recortado contra el glorioso paisaje marítimo, mientras una aprensión aún más siniestra parece dominarlo. Para despejar la cual se acerca otra vez a la toallita blanca, donde yace la extasiada Vanesa, y agachándose sobre ella le pregunta:

—¿No habrás venido por este pajero? ¿No habrás venido a afilártelo?

Y uniendo la palabra al acto el maestro hace un gesto introduciendo el tieso índice derecho en la «O» que ha dibujado con el índice y el pulgar de la otra mano. Mientras silba o chifla en dirección a mí. Lo que se oye es un sonido gutural, crispante, que en realidad suena como si estuviera afilando un cuchillo en una piedra.

Vanesa sólo se revuelve en el suelo. Se acaricia ella misma los pezones para mantenerlos erguidos. Y se ríe. De puro traviesa, diría uno, como la colegiala que podría ser. Contenta de seguir asustándonos con su presencia y sus consecuencias.

Comprobado lo cual, usted desaparece en el interior de la casa, notoriamente desesperado.

* * *

Media hora después, el maestrito vuelve a la terraza con una coctelera e insiste en que bebamos Martini para celebrar la llegada de la muchacha. ¡Como si nada hubiera ocurrido!

Hay que aclarar que, desde hace tiempo, sus bruscos cambios de apariencia, de acentos, y quizás hasta de piel, han dejado de resultarme sospechosos. Si corresponden o no a una psicosis grave es lo de menos. Lo que me asombra todavía es su inaudita capacidad para cambiar de humor. Y siempre en una sola dirección, siempre adaptándose al humor menos trascendente posible. De modo que, viviendo en broma el día de hoy, nunca termine de llegar, en serio, el mañana.

—Además —nos dice el maestrito, con un gesto triunfador enroscado en la media sonrisa eterna que asoma bajo el bigote—, no es lo único que tenemos para celebrar.

Comprendo que se refiere al guión. A que probablemente acaba de dar por hallada, oficialmente, *La gran talla de Chile*. ¿Cuándo y dónde mierda la iba a encontrar?, protesto yo para mis adentros, si sé perfectamente que no ha hecho nada, y no le he anotado ni un solo chiste. Pero no lo digo en voz alta. Ya lo conozco lo suficiente como para saber que, para usted, la fiesta antecede al motivo para celebrarla. No al revés.

Y cómo negar que tenemos una fiesta, y de disfraces, entre manos. ¿Qué otra cosa puede implicar la presencia de estos tres desconocidos, el taxista, el bufón y la puta, en una mansión que parece un barco fantasma?

Me tomo mi Martini al seco. La aceituna resbala blandamente en el fondo y esta mañana —sin mañana— se ve, en efecto, mucho mejor cuando la contemplo a través del vidrio aceitoso de la presente copa.

* * *

El resto del día de playa transcurre en una alegre familiaridad. La palabra no desentona. Cualquier desaprensivo podría decir que, en efecto, el taxista, el bufón y la puta constituimos una familia.

Después de almorzar la deliciosa corvina que el maestrito nos cocinó en una costra de sal, y de bajarnos varias botellas de vino blanco, pasamos la tarde en la terraza de proa, tendidos, conversando tonterías y mirando la piel del mar cambiar de colores. Casi al anochecer entramos en la casa empujados por una levísima brisa fría. Víctor Jiménez-Polli (R) enciende el enorme aparato Grundig. En algún momento nos peleamos por seleccionar los discos de vinilo que hay en un aparador dentro del mismo mueble. Son tan anticuados que los jóvenes no reconocemos ninguno, pero nos divierten los *twists*, incluso los mambos y el chachachá. El «rey» de este último son, Pepe Zapata, nos hace bailar y morirnos de la risa. «Los marcianos llegaron ya/ y llegaron bailando el chachachá». Música que a Vanesa y a mí nos parece todo lo divertida, y ridícula, que debe ser la música de las generaciones anteriores para las nuevas.

Eso sí, no vamos tan lejos como para aceptarle al maestro las *canzonettas* napolitanas que pretende hacernos escuchar. Ese *O sole mio* que empieza a cantar desafinando, antes de poner el disco, lo rechazamos de plano. Una cosa es bailar en broma con lo anticuado, y otra, retroceder a la prehistoria.

Cuando vuelvo de la leñera con troncos para la chimenea, lo veo amurrado en un rincón, resentido todavía por nuestro rechazo a sus gustos. Allí sigue, una hora después, mientras Vanesa y yo estamos tendidos en la alfombra, fumando frente al hogar donde arde un fuego que se consume sin apuro. La ha traído ella. Es una yerba tan buena que basta olerla para volarse. Y debemos estar volando a gran altura porque, aprovechándose de nuestro descuido, Víctor Jiménez-Polli (R) se arrastra a nuestro lado y consigue rapiñar del cenicero el pito de marihuana para fumarse con avidez toda la colilla, de una pitada, antes de que pueda quitársela. Está claro que apenas sabe hacerlo. Y pronto estalla en una tos horrenda, de tuberculoso, arrojando el humo retenido. Lo que haya alcanzado a chupar, sin embargo, basta para hacerlo reírse sin motivo; o tal vez se ríe de habernos robado el pucho de marihuana en castigo por no dejarlo poner su disco de canciones napolitanas. Como sea, tendido de espaldas sobre la alfombra, cerca de nosotros, hasta la media sonrisa eterna parece ahora verdadera. Volado, se ve usted sinceramente dichoso. Transportado a quizás qué mundo suyo, anterior (si es que esos dos epítetos —suyo y anterior— pudiesen aplicársele al impostor sin bienes ni pasado conocido).

Cualquiera sea ese mundo, no puede ser más grato que el mío. Sin que yo se lo pida o inicie nada, Vanesa me ha abrazado con todo el cuerpo y me besa en el cuello. Mientras sus dedos de colegiala, con las uñas un poco comidas, descienden abriéndome la camisa y luego el pantalón. Me desabotona con una sola mano, con tanta pericia que por sí sola bastaría para demostrar que su experiencia es mucho mayor que la inocencia de sus facciones. Pero no estoy disponible para demostrar, ni pensar nada. Simplemente me dejo hacer, deleitado. Y mi única objeción, mi única rebeldía, consiste en impedirle que se monte a horcajadas sobre mi erección sin antes sacarse el vestido. En cambio, tomándola por la nuca, con una imperiosa pinza que debo reconocer que le he aprendido a Lucio —quien la emplea con sus subalternos cuando quiere que lo escuchemos en secreto—, la he obligado a descender hasta mis bajos fondos. La he puesto a chuparme el pico.

    ¡Lo menos que puedo exigir!, digo yo. Lo menos que me corresponde después de haber sido testigo de sus ofrendas lingüísticas al obelisco peruano-japonés de hace unas semanas. Es casi un asunto de orgullo nacional, el que ahora la colegiala le rinda honores a mi mástil. Y en realidad no puedo quejarme de su patriotismo. ¡En absoluto! Es tan maravilloso que hasta me pondría de pie y entonaría nuestro mentiroso himno —«Puro, Chile, es tu cielo azulado»— mientras recibo este homenaje. Lo haría si fuera capaz de suspender por un segundo esta delicia, y si los dedos de los pies no se me hubieran enroscado de «puro» y «azulado» placer cuando la experta lengüita de ella acaricia las cúspides de mi glande. Las cúspides o vértices de aquello que el maestrito llama «el cara de haba» o «el cabeza de bombero». Que está a punto de emitir su chorro...

... O que estaba a punto. Porque, en este instante, mi incontrolable fantasía de pajero me recuerda aquella belleza salvaje con la cual Vanesa se relamía los labios, después de chupar un hectolitro de semen peruano. El recuerdo de su lengua repasándose la barbilla goteante, como unas fauces, me calienta aún más. Y al mismo tiempo me enfría. Yo también deseo que me beba hasta la última gota. Que me drene, que me vacíe de mí mismo. Y a la vez temo que, después de hacerlo, no me quedará vida ninguna, sin ella.

Distraído por ese imperdonable momento de cobardía, cometo el error de mirar hacia el lado donde yace el maestrito. Como buscando instintivamente su consejo. Y lo veo.

Usted también se ha desabotonado la camisa y los pantalones. Se ha abierto de piernas y jadea, entorna los ojos, copiándome. Incluso se ha bajado los pantalones más que yo, dejando a la vista unos ridículos calzoncillos slip de nylon estampado como una piel de leopardo, similares al taparrabos de Tarzán. Y así, yaciendo junto a nosotros, el hombrecito se frota y gime con un placer que cualquiera diría que es superior al mío. Como si a él también le estuviera chupando el pico alguna colegiala imaginaria. Por si esto fuera poco, ahora usted vuelve la cabeza, nos mira, y veo que la nariz aguileña de fosas peludas, hincada sobre el bigote desigual y teñido, nos olfatea moviendo sus aletas sin disimulo. ¡Nos olfatea como un perro al aroma de la carne deseada! Mientras, y para que no falte abyección alguna, su mano derecha, de uñas no muy limpias, deja de frotarse el bulto en el calzoncillo, y pasa a moverse bajo el elástico vencido del taparrabos de Tarzán.

Sin ningún pudor el maestrito se masturba; se hace una manuela, practica la manflinfla, se corre la paja. Mientras la adorable cabeza de mi amiga sube y baja sobre mi miembro, usted nos observa y hasta olfatea, inspirándose para tocarse con una energía desesperada, como si intentara resucitar a un animal muerto. Resurrección improbable, hay que decirlo. Pues si nosotros somos su fantasía erótica, es visible que no lo estimulamos lo suficiente. Por más esfuerzos que usted hace, no veo que asome de los calzoncillos de Tarzán la fiera que este hombrecito llama con tantos mimos y estímulos. Nuestro sueño no es suficiente para usted, anciano impotente u onanista.

—¡Así que era yo el pajero! —le grito, con más furia de la que hubiera previsto.

Y acompaño mi grito poniéndome de pie y asestándole una certera patada en su cadera flaca, que suena como si hubiera golpeado una enclenque silla de palo.

El maestro se curva sobre su costado y luego se endereza sobre un codo, mirándome. Sus ojillos verdes destellan por un momento con una furia de víbora. Aún tiene la mano derecha dentro del calzoncillo tarzanesco. Debo estar muy volado, porque durante un segundo temo que vaya a sacar de allí algo horrendo e insólito: un falo en forma de tridente, por ejemplo. Pero pronto es obvio que allí, entre sus dedos, no hay realmente ninguna fiera. O la que hubo, la erección que hubiera logrado convocar mirándonos, se ha retirado a su madriguera nuevamente, con la rapidez de bicho que usted mismo emplea para esconderse (y sobrevivir).

Vanesa se ríe divertida, mirándonos mientras se relame los labios brillantes de algo más que saliva. Debemos hacer un cuadro singular, en realidad: el viejo Tarzán diminuto y esquelético, con los pantalones a media asta, despatarrado en el suelo. Y de pie el fauno joven, con la verga tan tiesa que ni la rabia ha conseguido bajársela (posiblemente me la ha endurecido).

Es claro que la risa de Vanesa lo ha herido mucho más que mi patada. Con infinita lentitud y con algo que, si usted no fuera el maestrito que conozco, cabría llamar dignidad, lo vemos levantarse del suelo, amarrarse los pantalones, subirse el cierre relámpago. Y maldecirnos:

—Pendejos egoístas. Váyanse a culiar solos, nomás. Pero no se pasen películas. No vayan a soñarse de que están haciendo el amor.

Ha arrastrado ese «amor» por la cloaca de su boca desdentada de modo que suena: «hasssiendo el amorrrrrr». Y enseguida escupe. Lanza un escupitajo al suelo. Aunque no puedo descartar que haya querido acertarle, deliberadamente, a mi ofensivo pico enhiesto.

* * *

El dormitorio o camarote principal de la casa-buque. Estoy acostado con Vanesa. Acabamos de finalizar nuestro segundo polvo. O quizás incluso fue el tercero (a esta edad, lo mínimo que ofrece la vida son segundas oportunidades). Y nos hemos quedado en silencio, abrazados, acezando. Asombrados y hasta atemorizados por lo que nos acaba de pasar.

Digo bien: no es algo que hicimos, sino algo que nos «pasó». Pasó entre nosotros, con nosotros, a pesar de nosotros, incluso. En este último coito, el segundo o el tercero, con ella cabalgando sobre mí, llegamos al final tan acoplados que sería poco afirmar que experimentamos un orgasmo al mismo tiempo. No. Fue «el mismo orgasmo», un único orgasmo, lo que compartimos. Y la sorpresa y la identidad de nuestras sensaciones fue tan violenta que —en lugar de aquel rojizo fulgor bestial en sus ojos o en los míos— nos arrancó un idéntico grito:

«¡Te amo!», se queja ella, gritándome; o le grito yo, gimiendo. Y ella, o yo, respondemos, sin dejar de movernos, entrándonos y recibiéndonos el uno al otro: te adoro, te quiero, te amo...

Ha sido tan asombroso esto que «pasó» con nosotros, esto que nos poseyó, que ninguno de los dos sabe cómo continuar, después. Así que sólo nos abrazamos, en silencio. Hasta que podemos hablar de otras cosas.

Vanesa me cuenta cómo se escapó de Lucio. Dice que había querido escaparse al sur, muy lejos, después de «una noche muy fuerte» con él. ¿Tan fuerte que le quedaron esas marcas por todo el cuerpo?

—Mis flores —me contesta, sonriendo con enternecido orgullo.

Llama «flores» a esos moretones, tan profundos que ni el bronceado artificial pudo cubrirlos del todo. E intenta mirárselas —las «flores»— en la semipenumbra que aclara la luna, con una naturalidad escalofriante, se diría que hasta vanidosamente. Hay que pensar que no debe ser fácil marcar a Vanesa: tiene esa piel anémica de ciertas mujeres delgadas, sin suficiente sangre ni para acusar los golpes.

—El Lucio no es tan malo —lo excusa—. Sólo que a veces se desespera, llora. Dice que un día nos van a meter presos o nos van a matar a todos, no sé por qué. Y entonces me pega.

—¿Y tú le aguantái? —le pregunto yo, temiéndome ya la respuesta.

—Claro.

—¡Casi parece que te gustara! —protesto, indignado.

—Mejor que me guste, ¿verdad?

Hay todo un humor de la supervivencia encerrado en esas palabras simples: mejor que nos guste lo que no podemos evitar, ¿verdad? Estoy por compadecerme de ella, enternecido, cuando la muy puta agrega:

—Además, si vierai el pico de caballo que me mete después de pegarme.

Y pasa a relatarme cómo escapó del departamento de Lucio, en la avenida Providencia, y llegó hasta la estación de buses Sur en la Alameda abajo. ¿Me acuerdo yo del final de *Perdidos en la noche*, cuando Joe Buck, el vaquero de medianoche prostituto, y su amigo, Ratso Ritzo, intentan escapar de la nieve de Nueva York tomando un bus que los lleve al sol de Florida? Claro que sí, vimos la enésima reposición de ese filme, juntos, hace un mes. Bien, ella estuvo en la boletería del terminal rodoviario, sintiéndose como aquel vaquero nocturno: quería escaparse al sur. Posiblemente, Vanesa no tenía muy claro que al sur de nosotros están los hielos de la Patagonia y el polo, en lugar de las palmeras de Miami. Como fuera, preguntó si algún bus la llevaría hasta Punta Arenas —tiene una amiga, en una *boîte* de Punta Arenas, que le ha escrito sobre el dinero fácil que se hace con los trabajadores del petróleo, cuando bajan de sus plataformas sobre el estrecho de Magallanes—. Se rieron de ella en su cara. Vanesa se ríe también de ella misma en su imagen de la liceana de medianoche. A Punta Arenas sólo en avión o en barco, mijita, le dijeron. Luego, al ver la carita de pena que la falsa colegiala les puso, le aconsejaron que podía tomar un bus a Puerto Montt y allí algún barco, quizás, pero no se lo aseguraban. Que previera al menos una semana de viaje, con mucha lluvia.

Y le alargaron un boleto rebajado, a precio infantil, en el primer bus a Puerto Montt. De pronto, en cuestión de segundos, al ver el pasaje sobre el mostrador de la boletería, Vanesa se arrepintió. Le dio un ataque de risa nerviosa, no supo por qué.

—Entonces te viniste para acá. Un poquito más cerca...

—Sí. Igual quería jugar a que me escapaba. Saber qué se siente.

—¿Y qué sentís?

Pero ella, en lugar de contestarme, agrega:

—... Y quería acostarme contigo.

—¿O sea, es cierto lo que me dijiste antes? —le pregunto, balbuceando, sintiendo que empiezo a acezar, otra vez—. ¿Estái...? ¿Lo que sentís por mí, es...?

Pero antes de que pueda proseguir, como si fuera yo a pronunciar algo irreparable, ella me pone un dedo en los labios. Me calla. Luego me besa tiernamente en la frente y arrastra mi cabeza acomodándola sobre sus pechitos núbiles. Acunándome mientras me dice, suavemente:

—No seái loco... Piensa, mejor, que quería acostarme con un gallo que yo hubiera elegido. Siquiera una vez.

Reposando sobre el pecho de Vanesa, con uno de sus pezones rozándome los labios, esas palabras me resuenan con un vago eco conocido. Un eco que no es el de su pequeño corazón retumbando dentro del tórax huesudo.

¡Reconozco su cínica pedagogía en esas palabras, maestrito! Su estilo, su sabiduría arrabalera, de callejón sin salida. Reconozco su feroz maestría en el arte de desilusionar a jóvenes como nosotros. Me incorporo y le pregunto a Vanesa, aunque casi no necesito preguntarle:

—¿A ti también te ha estado advirtiendo el huevón del maestro? ¿Te dice que no creái en el amor?

—No, a mí me dice que no sea tonta. Que un aristócrata como el Lucio podría enamorarse de una puta como yo. Pero un niño de clase media, como tú, nunca.

—¿Y tú qué creís?

—Que culeamos súper rico, recién.

—Le dai la razón al maestrito: no hicimos el amor.

—Yo por el amor cobro muy caro... —me miente Vanesa.

* * *

¿Amanece? Si es un amanecer hay algo inusitado en él; algo naranja y eléctrico en la luz que se filtra por la ventana. Me levanto del lecho revuelto, tambaleándome en la semipenumbra. Al levantarme he destapado a Vanesa que duerme plácidamente, desnuda. Tomo el breve calzón de encajes rojos, con su rosita sobre el culo, y me lo llevo a las narices. Reconozco su franco perfume a sudor de colegiala mezclado al aroma de sexo húmedo. A no ser por los moretones en la espalda, y aquellos en forma de puntas que le rayan los muslos, se ve tan imposiblemente pálida que se diría que ha muerto. Hasta llego a temerlo: haberla matado sin darme cuenta. Y acaso ella, o su carne, detectan mi fantasía; porque un temblor reflejo le estremece las nalgas.

Los grandes espejos del armario se han iluminado con un resplandor de incendio. Esto es lo que me ha despertado. O la sensación de que el tiempo se ha detenido. Algo paradójico arde en la noche de afuera, sin consumirse. Las cortinas de velo caen inertes sobre el balcón del dormitorio que se nos quedó abierto. Las aparto y salgo desnudo a la pequeña cubierta del segundo piso. Un gajo de luna anaranjada, una brasa, se pone en el mismo ángulo donde se puso el sol del atardecer. Esa luna, o el veranito de San Juan, nos hacen este último e inaudito regalo: a las tres de la mañana, en medio del invierno austral, frente al Pacífico inmóvil, no hace frío, en absoluto. El silencio es perfecto, sobrecogedor. ¿Cuánta belleza es necesario quemar para entibiar esta noche?

Hay, en medio de las grandes borracheras, unos como ojos de calma chicha similares a aquellos de los huracanes. En el centro de un anillo de turbulentas emociones, un yo imprevisto piensa claramente y con la ventaja de mirarse a la distancia. Esto permite una lucidez desolada con uno mismo, que rara vez nos tolera la verdadera sobriedad. ¿Cuál es mi futuro? ¿Me atreveré a huir con Vanesa, si pudiera convencerla? ¿O me convencerá ella de que me quede? ¿Seguiré la ruta nocturna que me señala el maestrito? ¿Continuaré buscando con él, y para siempre, *La gran talla*, el diminuto chiste de nuestra época? ¿Me dejaré reclutar por «ELLOS»? Esta noche me parece tener un pie a cada lado de la línea que divide una vida honrada de otra miserable. Y en esta última hay para mí, lo acepto con rara honestidad, una auténtica atracción, incluso un talento natural, quizás un amor al abismo...

Cruzar los márgenes de la ciudad, deambular por las orillas de la existencia, sumergirme en el anonimato de las muchedumbres suburbanas. Aparecer en una de esas fotografías color sepia, de hace tres cuartos de siglo, que he encontrado en un armario de esta casa, tomadas en algún puerto, quizás en Valparaíso. Ser el hombre pequeño y torvo (extrañamente parecido al maestrito) que fuma con el sombrero echado para atrás, sentado sobre un cajón, ocioso en el ajetreo de los muelles.

La gran casa-buque-fantasma está en silencio. No hay un soplo de viento. Hasta las rompientes del Pacífico, en los roquedales al pie del acantilado, parecen haberse detenido. Hasta el tiempo se siente detenido. De pronto, desnudo en la terraza del segundo piso, me parece que toda esta quietud, el silencio en el ojo del huracán, se hubieran hecho, ex profeso, sólo para que yo pueda oír el debilísimo tarareo, el cantar discreto y suave, el arrullo, se diría, que sube desde la cubierta inferior.

Me asomo con cuidado sobre la baranda y lo veo. Abajo, a mis pies, tendido en una de las sillas de playa sobre la terraza de proa, el maestrito canta *O sole mio*. Canta la *canzonetta* napolitana que no lo dejamos escuchar. Lleva el compás con una mano, mientras contempla la puesta de luna, y canturrea bajito, para que sea su secreto o para cuidarnos el sueño. Sí, solfea tan delicado que da para sospechar que fue él mismo quien subió a arroparnos, cuando caímos dormidos después de gritar que nos amábamos, y callarnos, y hablar de otras cosas hasta que nos dormimos.

Sólo al asomarme más, para escucharlo mejor, me doy cuenta de que usted llora. Sus lágrimas brillan con el reflejo anaranjado del gajo de luna que se pone sobre el horizonte del Pacífico. Brillan esos surcos en la cara agrietada. Agrietada por el uso, como se agrieta una máscara de cartón sobre el rostro sudado del comediante, o el propio rostro del payaso viejo carcomido por los diarios afeites ordinarios. Esas grietas en la máscara son los surcos por donde caen sus lágrimas, encendidas por la luna poniente. En cualquier caso, es una especie de llanto que no le impide cantar, o que incluso puede ser otra forma de cantar.

—¿Bajamos a consolarlo? —me pregunta Vanesa, al oído.

Ha aparecido silenciosamente a mi lado, desnuda, en la terraza. Despertada como yo, supongo, por el crepúsculo lunar, el silencio del océano detenido, la inmovilidad del tiempo, de nuestro tiempo que iba a durar para siempre —es decir, que iba a ser *duro* para siempre.

—Tenemos que hacer algo —me insiste Vanesa.

—Nada.

—¿Tan egoístas?

—¿No te dai cuenta de que llora de felicidad? —le susurro.

Quizás, sólo «quizás», estoy aprendiendo a aprender. Y es usted el que me lo ha ido enseñando, maestrito. No se me pregunte cómo, pero sé que usted no llora de pena, ni de angustia, ni siquiera por la más propia de sus angustias: la de la impotencia. No. Sé, y Vanesa también, porque no me lo discute, que usted llora de felicidad.

Así es que no hacemos nada. Sólo escucharlo. Vanesa y yo, desnudos y abrazados en el balcón superior, lo escuchamos cantar como si este hombrecito emocionado nos ofreciera una serenata. Una serenata apenas audible, pero entonada en un italiano melodioso que agrada y conmueve. ¡Y que hasta suena legítimo!

Podría saltar sobre usted ahora mismo, enrostrándole esta prueba flagrante de que no es el maestrito miserable que finge ser. Sino *otra* cosa. Pero esta noche ya no parece importante desenmascararlo, maestro. Porque aun si, de acuerdo a su doctrina, no nos fuera permitido amar, me doy perfecta cuenta de que estamos siendo felices. Los tres juntos, cada cual a su modo. Los tres don nadies, Cantinflas, sirvientes: la puta, el taxista y el bufón, mirando una gloriosa puesta de luna a las tres de la mañana sobre el Pacífico. Escuchando la *canzonetta* napolitana que usted nos entona, maestro, somos felices.

Y el único dolor —necesario— es la luna cada vez más anaranjada que se va hundiendo, al final de la estela rojiza que riela hasta el horizonte. Imperceptible pero inexorablemente, se va hundiendo. Hasta que, cuando volvemos a mirar hacia la terraza de abajo, la máscara agrietada ha desaparecido. Y sólo queda su canto, en la oscuridad: «O sole mio...».

11. *La gran talla de Chile*

—Córtale las bolas, maestrito —le ordena Lucio, a usted.

Esas bolas son mis bolas. Estoy en pelotas, atado a un pilar de concreto en la bodega de alcoholes de la maestranza, en Carrascal abajo. Me han quitado la venda de los ojos. Aunque llevaba un día a ciegas, sabía desde ayer adónde me habían traído por este «aire combustible», que podría inflamarse con sólo encender un fósforo.

Ahora me han sacado el vendaje para que aprecie mejor la escena, para que contemple mis últimos segundos de virilidad, y de vida. También para que, sabiendo mejor lo que me va a pasar, actúe a satisfacción del público: me debata y aúlle. Aunque lo haría sin vergüenza alguna, rogaría y me arrodillaría, ambas cosas son difíciles considerando la mordaza y las cintas de embalar con las que me han atado de piernas abiertas a esta columna de hormigón arenoso. A esas ataduras, sin duda —y no a un coraje del que carezco—, debo agradecer esta aparente dignidad que sólo esconde un pavor fascinado ante lo que me va a ocurrir.

Usted, maestro, está de pie frente a mí. Virado e indeciso entre el público y mi maltratada persona. La luz enfermiza de esta lámpara de yodo traiciona las manchas y chorreaduras que condecoran la elegancia sintética de su eterno traje café tornasolado. Todo lo traiciona esta noche, maestrito. La media sonrisa eterna que se le asoma bajo el ala larga del bigote, contraída por un tic nervioso que no le había visto antes. Y el mal pulso de su mano derecha que agita como un abanico la navaja de barbero abierta.

—Córtale las bolas, maestrito. ¡Ya! —reitera Lucio.

Cuando me acostumbro mejor a la escasa luz amarillenta veo que, sentados en cajones grabados con el velero de Cutty Sark o con los garrotes cruzados del patriótico coñac Tres Palos, está presente toda la compañía. El reparto de lo que iba a ser nuestra película refundadora del humor nacional. Octavio de Silva, que repasa mi desnudez de pies a cabeza, jadeando demasiado, como si de un momento a otro fuera a sufrir un ataque cardíaco o a experimentar un orgasmo. Magali, la Mariscala, en cambio, parece más a sus anchas. Bebida como siempre, me observa con la cabeza ladeada por una irreparable simpatía ante lo que voy a perder. El Doc Fernández bosteza y se muere de lata, sentado sobre una caja de whisky, balanceando la flaca pantorrilla de cigüeña. Lucio va tan elegante como es usual en él, con el traje Príncipe de Gales cortado a medida y los zapatos nuevos. Sólo las pecas enrojecidas, y los incisivos amarillentos asomados en la boca espumosa, delatan la poderosa ira equina que lo agita. Es el único que se sienta en una silla. Un tosco sitial de pino quemado que recuerdo haber requisado con el maestro y transportado en la parrilla de mi taxi (insólitas las cosas que decide recordar una mente para distraerse de su espanto). Tan elegante, sentado en esa silla negra y resplandeciendo de furia pelirroja, Lucio ya no parece creerse la muerte. Parece la muerte misma.

Digo mal que Lucio es el único cómodamente sentado. Vanesa también lo está, sobre sus rodillas. Por una vez no lleva el uniforme de colegiala, sino un traje de noche, largo. Se diría que le han ordenado vestirse para una función de gala. La palidez «gótica» de su rostro la subrayan unas ojeras que ya no es posible asegurar que son naturales. Intento establecer contacto visual, pero mi amiga evita cuidadosamente mi mirada. En cambio, reposa la cabeza sobre el pecho de su hípico patrón, tiernamente. Y si la mala luz me permitiera jurarlo, juraría que se lleva a la boca el dedo pulgar, con la uña pintada de negro, y se lo chupa.

No es que yo esperara una súplica en mi defensa. Ni siquiera un gesto recordando nuestra breve amistad o las películas que compartimos. Menos aún que me auxiliara en nombre del amor que gritamos al sentirlo pasar entre nosotros, en la intimidad de una noche. Ya sé que estos no son tiempos para lealtades sentimentales. Por el contrario, acepto fácilmente que no es una traición. Sino una ley de esta época, que tendrá una larga vigencia: cada uno salva su vida como puede.

El maestrito ha caído de rodillas frente a mí. Por un instante parece que me fuera a rogar

o a rezar. Debemos hacer un cuadro casi religio-
so. El mártir desnudo y el decrépito pecador a
sus pies. Mirándolo tan de cerca noto que suda
copiosamente; la calva se le ha ablandado y ema-
na de ella, más denso que nunca, ese nauseabun-
do olor a azúcar quemado. La transpiración le
corre por las sienes y le ha mojado también el bigote, que destiñe sin ambigüedades. Por fin levanta la temblorosa mano izquierda —la que no
sostiene la navaja— y luego de mirarme a los
ojos un momento, como si me pidiera perdón,
junta el pulgar y el índice en forma de pinza, to-
mándome el pene por el prepucio, y lo alza.

     ¡Qué pene, ni qué prepucio, ni qué be-
llas palabras! Ahora menos que nunca me sirve
esa lengua noble que pretendió enseñarme el
profesor verdadero. El maestrito me ha agarrado el pico por la punta del forro y lo levanta.
Lo recoge como si alzara un pájaro muerto y
podrido del suelo, con infinita desconfianza. Y
enseguida lo veo estremecerse, bajar la cabeza.
Quizás es que sufre una arcada; o que va a
echarse a llorar. Por mi parte, estoy demasiado
aterrado, me laten demasiado las sienes como
para precisarlo. Sólo puedo ver la orla grasienta
en el cuello de su camisa de nylon y su espalda
que se agita convulsivamente, como si contu-
viera a duras penas los sollozos, mientras sus
dedos tembleques y sudados me pinzan en alto
lo que usted sabe llamar de tantas maneras que
ganaría cualquier concurso. Me atenaza el «cara
de haba» en la posición justa para que quede a
la vista el escroto. Enarbola la navaja... Ahora,

un certero corte en esa querida bolsa tantas veces rascada y sopesada y todo —o al menos la posteridad— habrá terminado para mí.

Sin embargo, no me corta las bolas. En vez, usted alza la cabeza y me observa con sus chispeantes ojitos verdes. Esperaba verlos arrasados de lágrimas y en cambio refulgen con una malicia sólo inferior a la que exhiben los cuernitos de sus rizos plateados. Enseguida, volviéndose hacia el público, lanza una risotada (eso, y no sollozos, era lo que estremecía sus espaldas), al tiempo que tironea y exhibe mi pobre pico, anunciando:

—¡Putas la mierda chica!

Minúscula, debo reconocerlo, humildemente. En este momento mi apéndice no alcanza la dignidad de miembro, verga o falo, ni tan siquiera la del chilenísimo «pico», en el sentido de picacho de montaña, sino que es más bien un piquito de gorrión o de picaflor. Encogida defensivamente, entumida por el pánico, mi dotación normalmente respetable —e incluso admirable, si la apreciamos desde la perspectiva de mi fatuidad juvenil— se ha reducido a dimensiones prepúberes, infantiles, por no decir francamente diminutas.

El maestro se ríe y el reparto lo sigue. Todos se carcajean. Incluso la muy puta de Vanesa; aunque ella, quiero creer, lo hace sin convencimiento. Yo mismo alcanzo a emitir una risita bajo la mordaza plástica; si bien sólo yo la oigo y me suena a ulular de fantasma. Todos reímos o lo intentamos. Menos Lucio, que no se traga el chiste, esta vez.

—¿Vai a cortarle las bolas, sí o no?

Usted es el último en dejar de reír. Lo hace poco a poco, intentando agotar las posibilidades de haber oído mal. La máscara agrietada de su rostro va volviendo al servilismo que lo caracteriza. Hasta que de su alegría sólo queda la media sonrisa eterna tallada indeleblemente en la mejilla izquierda.

—Lucio, please...

Lo ha pronunciado con la boca chica: «plis». Y esto lo hace, si cabe, más patético todavía.

Lucio alza a Vanesa, literalmente, como una muñeca y la pone en el suelo. Luego deja su sitial y trota hacia usted que se encorva defensivamente, seguro de que este percherón bayo va a partírsela de una coz.

—No vai a defenderlo, ¿verdad?

—No, Lucio.

—No te habrái creído que este pendejo es realmente tu alumno, ¿verdad?

—No, Lucio.

—Lo único que podríai enseñarle a este compañerito es a no ser tan cobarde como tú.

—Es que no soporto la sangre —gimotea el maestro.

—«No sopoto la sangue»... —lo remeda, gangosamente, Lucio—. ¡Estoy rodeado de maricones!

Y le asesta un coscorrón, un coscacho, en plena pelada. El pesado anillo de sello que lleva en el meñique choca sobre su cráneo. Suena a hueco, maestro, mentiría si dijera lo contrario. Su calavera resuena a «inopia», como sonaban nuestras cabezas de adolescentes cuando el profesor original nos propinaba idénticos capirotazos.

Habré de reconocer que, incluso en estas circunstancias, me alegro del coscacho que le han atizado. No sólo por espíritu de revancha sino porque, gracias a él, por fin usted me ha soltado la punta del pico que tanto ridiculizó y que ya amenazaba con circuncidarme a tirones.

Lucio se dirige a mí:

—¿Por qué no me la pediste prestada, compañerito? —me pregunta, observándome con desprecio.

Está claro, y no sólo por la mordaza que llevo, que no espera una respuesta. Pero, también, que la pregunta no es retórica. Que lo dice en serio. Seguramente me habría prestado a su puta, si yo se la pedía. Al fin y al cabo, ¿qué podría haber temido de mí este hombre que no le temió a medirse con aquel obelisco peruano-japonés? Nada. Mi pecado ha sido la falta de confianza. Una falta imperdonable, ésta sí, entre ex compañeros de colegio.

En vista de nuestro silencio, Lucio da la impresión de irse calmando o decepcionando. Como si hubiera esperado rivales más a la altura del desafío. Todavía le pregunta a usted:

—¿Dónde está *La gran talla de Chile* que me prometiste?

Por toda respuesta, hecho un ovillo en el suelo, el maestrito se toca el cuero cabelludo donde el anillo abrió una herida que sangra profusamente. Luego se mira la mano, incrédulo, y se lame su propia sangre de los dedos. No la «soporta», pero la lame.

Lucio menea la cabeza. Nos mira con una suerte de asqueada tristeza. Antes de voltearnos la espalda y alejarse subiéndose los pantalones que, de tan impecablemente planchados, se le resbalan de las caderas.

—Ya, sáquenlos de mi vista, mejor será. Y me los fusilan a los dos. Al taxista por traidor, y a este viejo por aburrido.

El amarillento y feroz quiltro guardián de la maestranza emerge de las sombras, gruñendo, tirando la traílla de cordel con la cual lo ahorca su no menos feroz y patibulario amo. La escopeta de dos cañones, recortada, el «choco» del rondín, reposa como siempre en el pliegue de su brazo derecho. El Doc Fernández descruza las piernas, bajando de su cajón de Cutty Sark, mientras se abre la chaqueta donde reluce la cacha de su Beretta consentida. En su renegrida indiferencia de gitano tuberculoso brilla cierta ansiedad profesional. Para que no nos quepa duda, esta vez, de que Lucio no pretende fusilarnos sólo con flashes, como hizo con los maricones.

* * *

—Gracias.
—¿Por qué?
—Por no cortarme las bolas.
—No hay de qué. Vos no me volaste los dientes que me quedan, pajero. Y eso que los viejos sabemos más...

—... pero sienten menos. No me repita sus lecciones ahora, maestrito.

Nada de lecciones, estamos empatados. Vamos usted y yo, con las manos amarradas a la espalda, encerrados y tendidos de costado, cara a cara en el maletero oscuro de este automóvil. Yo desnudo. Usted con su traje café, tan útil en toda circunstancia que ni siquiera se notará en él la sangre que le ha manado del corte en la calva. Para arrancarme la mordaza de tela emplástica, he tenido que permitirle que lo hiciera con sus pocos dientes, besándome y baboseándome entero, como aquella noche en el Fausto.

De vez en cuando un rayo de luz amarilla barre en diagonal el interior del maletero cayendo desde un orificio en la tapa. Por ese agujero conocido (que probablemente es la huella de una bala) deduzco que vamos en el Dodge Dart del Doc Fernández. El rayo pasa equitativamente entre nuestros rostros, cambiando de velocidad con la velocidad del auto, tocándonos y encegueciéndonos y luego yéndose, como un faro en miniatura que nos advierte de una tierra peligrosa. Una señal de alarma indicándonos que nos precipitamos a la costa de nuestro relato, a la roca dura donde naufragará nuestra historia.

Podríamos intentar gritar (me dicen, desde la segura terraza del futuro). Pero para qué, si no habría un alma que nos oyera. Ya lo he dicho antes: en toda la vasta ciudad, bajo el toque de queda, la gente duerme. Con la pequeña boca abierta, de modo que parecen muertos.

Dormidos o muertos, también, los que están bebiendo en el Oliver o bailando en el Fausto.

—Te advertí que te escondierai, pajero. Que te fuerai de este país.

Lo hice. Congelé un semestre en la universidad. Dejé los radiotaxis y la pensión universitaria. Me mudé donde un amigo. Pensé en irme a...

—¡Pero teníai que aparecerte donde la puta de la Vanesa! Tenís el celebro en el pico, pajero. Como todos los jóvenes, nomás.

Sí. Ahí tengo el «celebro». Y allá, en la carnicería clausurada de El Salto me estaban esperando, por supuesto. Para sacarme la mierda preguntándome dónde había estado, y dónde estaba usted. Ni siquiera necesitaron apremiarme mucho para que yo demostrara que mi corazón no es leal. Los acompañé por los recovecos de Santiago que usted me había enseñado, durante dos noches seguidas. Hasta que lo pillamos en el lugar menos pensado, en el Club Hípico, en el establo donde requisamos ese pura sangre embalsamado.

—Lo entregué, maestrito —le confieso.

El rayo tubular y amarillento que barre el maletero pasa por su rostro a centímetros del mío. No hay condena ni reproche en él; sólo una apenada resignación ante lo previsible, en sus ojitos verdes. Parecen más que nunca los de mi auténtico profesor.

—Me entregaste y ni siquiera te salvaste tú. No aprendiste ni eso, pendejo.

No. No aprendí ni a sobrevivir. Traicioné la nobleza de vivir que me enseñaba el profesor original. Y ni siquiera aprendí a sobrevivir traicionando cualquier nobleza, como me quería enseñar usted. Un pésimo alumno. Mi completo fracaso no hace sino incendiar mi rencor contra la educación que recibí. Así es que le pregunto, capciosamente:

—Usted se ve todavía con el profesor, maestrito, ¿no es verdad?

Sólo así se explica que vaya perfeccionando, lenta pero sostenidamente, noche a noche, su parecido imposible. El maestrito calla. Para todos los efectos no me desmiente. No lo niega. Pues en ese caso, continúo:

—Si salimos de ésta, llévele un mensaje —le pido.

Se encontrarán de nuevo en algún callejón meado, en ese vertedero de basuras, debajo de aquel puente. Usted lo irá a visitar a esa celda donde puedo imaginar que este «académico de la lengua» y aquel literato y humanista se conocieron, la primera vez, y donde intercambiaron sus papeles.

—Entonces, quiero que me haga un favor, maestro —le voy diciendo—. ¿Me lo haría?

Y usted refunfuña algo inaudible. Pero que no es un «no». Y esto —esa negativa negada— es todo lo que importa. Por fin he encontrado la manera de hablar con el profesor, a través de su doble.

—Dígale al profesor por qué lo odio.

—Cállate, hijo de puta —balbucea el maestrito, ahora.

Pero es un intento débil, sin convicción, como cuando hablamos en representación de una causa, o de un mandante, al que no respetamos del todo.

Y yo sigo, descargándome, «dejándome» expresar todo mi resentimiento:

—Creo que sé por qué él desapareció. O tuvo que esconderse. O transformarse. Creo que sé por qué el profesor no quiso seguir siendo él mismo.

El auto da un tumbo y en el maletero nuestras cabezas chocan, mi frente contra su nariz torcida. Usted lanza un aullido. Ha sonado como otro «¡hijo de puta!».

Aunque se puede sospechar que no es el dolor del cabezazo lo que lo ha hecho gritar. Sino la angustia de querer seguir ignorando lo que el otro no le contó; lo que no se contó ni siquiera a sí mismo. Y que yo le exijo ahora que usted sepa, y se lo diga, en caso de que lo vuelva a ver.

Le digo al maestrito que le cuente su historia al profesor Polli. Que lo obligue a oírla. Que le relate al profesor auténtico, lo que él mismo hizo, y que seguramente no quiere recordar, ni que nadie más sepa.

El profesor fue detenido bajo graves sospechas de sedición, después del golpe militar. Lo interrogaron y, ese notable humanista, reveló una completa ingenuidad o inepcia al responder las preguntas de «ELLOS» (el otro, a diferencia de usted, maestrito, era un hombre indefenso ante la «vida nocturna»). Entonces, el profesor Polli fue salvajemente torturado para que confesara. Salvajemente.

—En el Estadio Nacional —sigo contándole a usted—, o dondequiera que se lo llevaron, Polli fue apremiado. Y se quebró bajo la tortura.

El maestrito emite una risilla que suena, precisamente, quebrada:

—¿Cantó?

—Cantó, delató, se chivó... Pídale usted al profesor, cuando lo vea, que le enseñe alguna palabra bonita para lo que hizo —le exijo yo.

El maestro no me contesta. Sólo se voltea un poco de espaldas y se queda mirando el agujerito en la tapa del maletero. Cosa que yo interpreto como una señal de que siga.

El profesor Polli no aguantó más —porque nadie aguantaba más lo que les hacían, aunque, el humanista que sabía latín, ni eso sabía— y entonces, por confesar algo, ya que no tenía otra cosa, confesó —como lo hicieron muchos o todos— lo que le pedían que confesara. Le preguntaban por ese seminario de escolares donde nos enseñaba que el mundo empezaba a parecerse a la buena literatura, y...

—Como no tenía a quién delatar, delató a sus propios alumnos. A nosotros ¡A mí!

Usted intenta echarlo a la chacota, como siempre:

—Se los cagó... —me dice; y trata de agregar algo más, pero no puede.

Ni falta que hace, porque yo sí que puedo. Y sigo con mi hipótesis, con mi interpretación de lo ignorado:

—Sí, nos cagó. Y no sólo eso...

El profesor Polli no sólo hizo aquello, no sólo dio la lista completa del seminario —que de todos modos «ELLOS» ya tendrían—, sino que confirmó que el seminario era un pretexto para reclutar jóvenes militantes, la tapadera de una célula revolucionaria...

—¡Les inventó un cuento! Al final, ¡para eso le sirvió saber tanta literatura!

Y por eso fue que luego vinieron por nosotros y nos echaron del internado, a casi todos. Y a algunos también los detuvieron y los torturaron. Y uno hasta desapareció. A cada uno le tocó lo suyo. Menos a mí, precisamente, gracias a que era el menor, gracias a mis quince años, y gracias sobre todo a mi tío y tutor, el latifundista, el latifascista del sur.

—Nos entregó —remacho.

Y me callo. Dándole tiempo a mi verdad para que se hunda en usted. Para que traspase las capas y las máscaras del doble, descendiendo hasta la mazmorra helada donde duerme, en su ataúd, el otro.

Es un largo silencio (que dura un minuto, o más que los treinta años transcurridos) al término del cual oigo la voz del maestrito gritando, con lo que parece una alegría salvaje, en la oscuridad:

—¡Esa sí que fue una talla pesada!

Y lanza una de sus carcajadas que parecen las de un pájaro enjaulado en su tórax. Pero, esta vez, se oye como un pájaro que estuviera devorándolo, por dentro.

Es una risotada que podría ser también un aullido o un lamento. Imposibles de distinguir, además, porque ahora el auto da un tumbo feroz. Y luego muchos más, internándose en un camino de tierra, algo como una huella de carretas o bestias. Nuestros cuerpos saltan, se bambolean, se sacuden. De modo que por algunos instantes no sé si usted se muere de risa o de dolor. Producto de una risotada colosal —o ese aullido o ese lamento— el maestrito se debate, se contorsiona como un loco furioso. Me patea, a mí y a las paredes de este maletero, coceando, gritando, atacándome, tratando de callarme por la fuerza, tal vez. ¿O sería descabellado imaginar que intenta abrazarme?

Yo trato de gritar, también; acaso más por acompañarlo, que para defenderme. Intento decirle que yo odio, pero no acuso, al profesor. Que mi odio no me hace sentirme mejor. La pequeñez, la cobardía, el espanto del otro, son mi posibilidad. Quisiera decirle que yo también habría tratado a toda costa de sobrevivir.

Eso intento decirle, o creo que lo intento, o sueño que voy a decírselo para que se lo diga al profesor Polli, mientras damos tumbos en este camino de tierra, o esta huella de caballos perdidos, que nos conduce al final de nuestra historia. Pero entonces el auto se detiene, las portezuelas se abren. Y ya vienen por nosotros. Ya no hay tiempo para decirle nada más, sólo lo importante:

—Dígale al profesor, maestrito, que a pesar de todo lo admiro. Y lo quiero.

A pesar de mi odio, lo quiero. Aunque fuera usted —y no el otro— el único que pudo sobrevivir.

* * *

Abren la tapa del maletero y nos sacan del Dodge casi en vilo. Estamos en un descampado, al fondo de algún camino rural, entre campos anegados, pantanosos, de los que brota una humedad infértil. Tal vez basurales, esos eriazos hacia el poniente de la ciudad. Una hoz de luna, velada de negro, viuda, asoma apenas sobre los vertiginosos lomos de la cordillera. No parece la misma de hace un par de semanas, cuyo gajo de naranja se ponía sobre el Pacífico (*O sole mio*).

Aún en pelotas, he bombeado tanta adrenalina que sólo siento frío en la piel. Por dentro me arde un volcán. Nos empujan hasta el borde fangoso de una acequia. El barro se escurre entre los dedos de mis pies.

—Ya. Se me ponen de cuclillas, los huevones —escuchamos que nos ordena el Doc.

Los cañones recortados del «choco» se me clavan en la espalda. Si el rondín me disparara ahora, me abriría un forado por donde se vería cómodamente el amanecer, para el que falta muy poco. Los músculos bajo los omóplatos se me contraen solos, presintiéndolo. Atrás gruñe un perro, o varios. Caemos de rodillas, de frente al canal. Pero no hemos entendido bien (porque él lo ha dicho mal):

—¡En cuclillas, no de rodillas! Como si fueran a cagar, los cagones.

Trabajosamente —porque seguimos con las manos atadas a la espalda—, resbalándonos en el barro, conseguimos erguirnos y ponernos precariamente «en» cuclillas. Mis nalgas y mis bolas —aún preciosamente conmigo— rozan unas matas invisibles. Las rodillas del maestrito crujen audiblemente mientras intenta apoyarse sobre sus cuartos traseros. No me imagino cuánto podrá aguantar en esa posición. Pero no hará falta mucho: bastaría ahora un soplo de viento —no digamos un tiro en nuestras nucas— para desequilibrarnos y arrojarnos de bruces a la acequia.

Reconozco el ruido del pasador de la Beretta, que el Doc amartilla. Ya llega nuestra hora. A mi lado usted hace un ruido extraño. Tal vez llora, quizás les ruega. Sea lo que sea, ¡por Dios, que éstos no lo oigan! Que no se den ese gusto.

Nadie podría oírlo, sin embargo. Porque ahora un bramido ensordecedor nos amenaza. Parece que estos montes pedregosos y estos campos brumosos, grises, sin vida, se hubieran puesto a rugir. Alcanzo a entender dónde estamos: cerca del aeropuerto internacional. Recuerdo que a estos hombres les gusta venir, de vez en cuando, a ver despegar los aviones. Ya no me curaré de esta inocencia: ¡a fusilar huevones, venían! Y luego la gran nave pasa por encima de nosotros decolando, elevándose, su ominosa barriga de ballena plateada muy cerca de nuestras cabezas.

Es de respetar tanto profesionalismo. Ni un tiro, ni una ráfaga siquiera, rivalizaría con esas turbinas. Alguien habrá estudiado bien los despegues de esta madrugada. ¿Será bajo el vuelo a Nueva York, a Madrid, a Johannesburgo? ¿Cuál se llevará el aullido apagado de nuestras vidas? Cierro los ojos. Un nítido clic suena muy cerca de mi oreja; luego otro, más lejos.

Cuando el avión termina de pasar, todavía estamos aquí. Aunque no sé cuánto de mí continúa aquí. Me tiemblan las piernas dobladas, el sudor que me bañaba se enfría rápidamente, siento como si fuera a escarcharse sobre mi cuerpo desnudo. Voy cayendo en la cuenta de que hemos sido vilmente engañados, una vez más. He sobrevivido, me digo. Pero de algún modo, también, sé que no del todo. Que algo verdadero ha muerto en este falso fusilamiento. Porque nos han hecho la peor broma de todas. Ésta sí que es la más pesada: la muerte en broma. Una talla tan pesada que luego de ella (y si el corazón no ha es-tallado) uno ya nunca más querrá pasarse de vivo. Uno nunca volverá a estar completamente vivo.

Ahora que el bramido del avión ha pasado me atrevo a mirarlo a usted, que también me mira, incrédulo.

—¡Era broma! ¡Era talla! —gritan nuestros amigos del elenco, a nuestras espaldas, y se ríen.

Una felicidad insoportable inunda los ojos verdes del maestrito y los agua un poco. ¿Hasta el sobreviviente nato se creyó que esta vez le tocaba morir? Pues sí. Eso parece. Creo oír un silbido de alivio emitido por su boca...

Aunque, un momento, ¿qué es esto? Los labios del maestrito permanecen firmemente cerrados. Contraídos aún de terror. El siseo de alivio que escucho no viene de su boca. Es otra cosa, más baja. Es un largo pedo, indudablemente. El suspiro de su esfínter anal que se relaja de pura felicidad. Su culo que primero silba y luego tararea alegremente, emitiendo con sonoros borbotones un inconfundible y apestoso aroma a mierda.

Maestrito, de puro alivio, de pura felicidad, usted se ha cagado en los pantalones.

Las risotadas y carcajadas se amplían. Se extienden como el olor que se ha expandido llevado por la bruma del amanecer que ya se insinúa sobre la cordillera de los Andes. La carcajada equina de Lucio monta sobre las otras.

—¡Se cagó este viejo!

Sin abandonar su posición en cuclillas, Víctor Jiménez-Polli (R) se voltea hacia su público. Parece visiblemente complacido, maravillado por el éxito de esta fétida broma involuntaria que nos ha hecho su esfínter.

Sin levantarse, caminando con las asentaderas casi pegadas sobre los talones, usted desciende del borde del canal. Siempre en cuclillas, balanceándose, con los faldones de la chaqueta café arrastrando sobre el barro y los zapatones heredados de un difunto asomando directamente bajo ellos, el maestro parece un enanito de circo. Un hombrecito minúsculo y juguetón que intenta acercarse a sus amigos.

Todos le huyen. Lucio retrocede relinchando de risa y embarrándose sus zapatos nuevos.

—¡Estái cagado hasta las patas! ¡No te me acerquís, maestrito!

Incluso el quiltro amarillento y feroz retrocede, no se sabría decir si gimiendo o gruñendo de asco. Es un éxito total, maestro. Su comicidad ha alcanzado una cumbre. En la cima de su maestría, ni siquiera ha necesitado hablar para hacernos reír. Su culo ha hablado por usted. Y la gracia de este dialecto es —y será, ya lo preveo— irresistible.

De hecho, todos huyen de su broma. Escapan de ese hombrecito diminuto que los persigue. Pequeñísimo y a la vez poderoso. Insignificante y a la vez repelente, casi sagrado. Al fin, maestro, usted ha conseguido achicarse del todo, disminuirse a unas dimensiones tan inofensivas que, en realidad, no hace ninguna falta exterminarlo. Y, sin embargo, en esa hedionda pequeñez usted disfruta de un inesperado e invencible poder: el poder de la mierda.

Deleitado, el maestrito persigue a sus amigos entre las yerbas de estos potreros. Se aproxima al Doc Fernández y éste recula tapándose la nariz y amenazándolo con su Beretta, para que no se le acerque. Una ceja de sol ha asomado sobre las sierras de las montañas. Bajo esa luz nueva e inocente la escena tiene algo de juego de niños traviesos e incautos, ignorantes del mañana, ajenos a todo lo que no sea su alegría de hoy.

Hasta yo me río cuando, por huir del enanito cagado que lo persigue, el Doc Fernández se enreda con unas matas, o resbala en una poza, o tropieza con una piedra. El caso es que cae de espaldas, lenta y cómicamente. Todos nos morimos de la risa. Incluso hasta un segundo después de que se golpee en el suelo. Y se dispare su pistola automática.

La chaqueta tornasolada del maestrito cambia de color, una vez más. Puede ser el primer rayo de sol que espejea sobre la tela sintética. Pero no. Usted ha caído de costado y observa, incrédulo, ese otro sol ocre ensanchándose rápidamente sobre su chaqueta. Luego me mira a mí, desde el suelo. ¿Podría explicarle este chiste?

Voy a correr a su lado. Aunque, ¿cómo podría explicarle la gracia de esta talla? ¿Cómo podría ayudarlo en esta última broma un jovencito en pelotas? Un tipo tan ridículo e inmaduro que, por querer auxiliar a su maestro, resbala, pierde el equilibrio y se precipita de cabeza al canal.

12. La dichosa terraza del presente, cinco

Dimos por terminado nuestro almuerzo y salimos de Le Flaubert cuando ya era de noche. De pie en la penumbra de la calle Orrego Luco, oscurecida aún más por las sombras densas de las paulonias que apantallaban a los faroles municipales, Zósima me preguntó:

—¿Te acordái de lo que nos decía el profesor Polli, sobre la madurez?

—No, para nada.

Pero Zósima sí, claro. Él siempre se acuerda. Nuestro profesor, a veces, en medio de una clase de castellano, en medio de una cabalgata con el Cid o de una intriga con la Celestina, caía en súbitas y espesas nostalgias. Melancolías sin motivo aparente, como no fuera la «inopia» intelectual de sus alumnos. Eran unos mutismos peligrosos de interrumpir, cuando se quedaba con la mente en blanco, o en otra parte, y al final, delante de toda la clase, nos salía con una pregunta arbitraria e incomprensible, del tipo: «¿Saben qué es la madurez, amigos?».

Yo insistí en que no me acordaba; ni de la pregunta ni de la respuesta.

—No, claro —aceptó Zósima—. Debe ser porque a ninguno de nosotros le importaba un carajo la madurez, entonces.

En esa ocasión —como en casi todas—

el profesor se contestó a sí mismo. Y Zósima, con su prodigiosa memoria de lenguaraz, lo citó:

—«La madurez es la muerte de la sensibilidad a manos de la experiencia, amigos».

Claro que sí. Eso nos decía. De pronto, recordé patentes esas palabras. Y me detuve, sobrecogido, en mitad de la vereda tibiamente oscura de la calle Orrego Luco. Sentía otra vez el tufo húmedo de aquel invierno de nuestro descontento, brotando como de una tumba abierta en el medio de este verano de nuestro entusiasmo. Me asesté una palmada en la frente:

—¡Pero si el maestrito me dijo eso mismo! Con sus palabras, claro.

«Los viejos sabemos más, pero sentimos menos. Así que pégame no más, con confianza, pajero». ¿No era esa, acaso, la misma soberbia doctrina que el profesor original nos intentó enseñar una vez, en el internado, y que yo comprendí tan mal que olvidé de inmediato? «La madurez es la muerte de la sensibilidad...». «Los viejos..., sentimos menos».

Las palabras eran distintas, pero las ideas idénticas. Parecía como si uno, el maestro, hubiera traducido al otro, el profesor, del idioma bello e inútil de aquel pasado a la lengua brutal pero eficaz de este futuro.

Zósima se quedó pensando, asintiendo, apartándose la melena estriada de canas para encaramarse mejor los anteojos parchados sobre la robusta narizota. Y resumió:

—Eso significaría que el profesor y el maestrito eran la misma persona.

—No puede ser. Nadie cambia tanto y sigue siendo el mismo.

—Nosotros sí. Y el mundo también. Y los vampiros.

—Déjate de huevadas.

—Tenís una manera de resolver el enigma —me sugirió Zósima.

—¿Cuál?

—Buscar y encontrar al profesor.

—Tiene que estar muerto.

—Por eso. Si lo encontrái vivo querrá decir que, para sobrevivir, se transformó en vampiro.

Lo peor es que Zósima lo decía *casi* en serio. Es decir, también, medio en broma. Decidí que yo estaba demasiado cansado, después de ese larguísimo almuerzo, como para escoger la primera posibilidad. Además, la callejuela oscura y tibia, la noche de verano, el dichoso día que habíamos vivido, todo invitaba a tomarlo en broma. Le seguí la corriente:

—Conforme. Pero, por si lo encuentro, consígueme tú el martillo y la estaca para clavársela en el corazón...

Mi amigo Zósima se rió, complacido y lúgubre, antes de abrazarme:

—Clávala en el corazón de nuestra época —me aconsejó, hablándome al oído.

* * *

Una noche del verano pasado. En el centro de Santiago de Chile, a pasos de la Plaza de Armas. En la salida de un cine rotativo donde ponen películas de un porno blando, sentimental. Algo, «que yo no podría creer», ocurre.

Diviso unas espaldas redondeadas, un traje de color café, unos pantalones demasiado cortos que dejan ver los tobillos huesudos, naufragando en unos zapatones de difunto. Mi corazón se acelera. Es preciso olvidar, me han dicho. Pero he aquí que yo sigo a la sombra, a la sospecha, al espíritu de ese hombre. Lo sigo hasta ponerme detrás de él, y observarlo en el reflejo de una vitrina. Se ha detenido ante la vidriera de un bazar donde examina inclinado algún objeto, una baratija china o coreana, de esas que no cuestan ni duran nada. Estudio su reflejo. Es, a todas luces, alguien a quien no le alcanza el dinero ni para estas chucherías. Un jubilado pobretón, rechazado por un mundo donde ya no tiene sitio. Un hombre bajito, de nariz aguileña y ojos escurridizos, asustados.

¿O son astutos y chispeantes, estos ojos? Depende. Porque de pronto esa mirada, fugitiva o pícara, salta del cambalache de pacotilla que observaba y atrapa la mía, en el reflejo de la vidriera. El hombrecito se endereza, pareciera que me sonríe; casi juraría que me guiña un ojo verde. Me pregunto qué le diría si decidiera que es usted. ¿Con qué nombre lo saludaré si me animo a reconocerlo y acercarme?

Sí, lo admito. Siento el deseo de reconocerlo y acercarme. Experimento ese extravío, ese vértigo. Sé que, si me invita, quizás lo seguiré de nuevo, maestro. Lo acompañaré otra vez en la pesquisa de esa talla genial que buscamos una vez. La broma desopilante, tierna, terrible, que todavía podrían contarnos. No importa si no la hallamos. Ya sé que no la hallaremos. Pero nos divertiremos tanto buscándola, maestrito. ¡Será emocionante, emocionante...!

Todo esto llego a sentir. Pero alcanzo a recobrarme. No puede ser él. Retrocedo asustado, me desvanezco en el reflejo de la vitrina. Dejo de verme. (¿Me verá él, aún, huyendo en el anochecer eléctrico de la calle?).

Me alejo a toda carrera. Prefiero no volverme a mirar (por si alguien me sigue). Naturalmente, a estas alturas, el profesor que conocí ya no puede existir. Ni siquiera el maestrito podría haber sobrevivido tanto.

Sería preferible, de una vez, darlo por muerto.

Madrid, marzo de 2005 - octubre de 2006

Índice

Algunas críticas a obras anteriores de Carlos Franz

Sobre *El desierto*:

«*...la proeza de* El desierto*... Un camino que sólo recorren los grandes narradores*».
A. García Ramos, *ABC*, España

«*...esta tan cruda como brillante novela. Excelente*».
J. E. Ayala-Dip, *El País*, España

«*En esta trágica y hermosa novela... el bien busca al mal y este al bien en un movimiento anímico, físico y sociológico que afirma la humanidad de los personajes*».
Carlos Fuentes, *El País,* España.

«*...es un hondo relato*».
D. Viglione, *Clarín.* Argentina.

«El Desierto *será sin duda ineludible cuando quiera recordarse todo lo que se dice cuando se dice «dictadura»*.
G. Martínez, *La Nación*, Argentina

«*Una novela en la que hay grandeza, en la que hay verdad y que está recorrida de punta a cabo por una belleza terrible*».
Arturo Fontaine, *El Mercurio*, Chile.

«*Carlos Franz alcanza en esta novela un grado superior de maestría literaria*».
Izaskun Arrese, *Revista Plagio*, Chile.

«*Una exploración casi metafísica de lo que nos ha atormentado*».
Vicente Montañés, *La Nación*, Chile.

Sobre *El lugar donde estuvo el Paraíso:*

«*Una novela excelente. Articulada a la perfección, discurre en una oportuna combinación de diálogo y descripciones, hasta conseguir un clima agobiante, casi claustrofóbico*».
Joaquín Marco, *ABC,* España

«*..la sobriedad de su planteamiento, la sabia graduación del ritmo, la eficacia de una prosa generalmente contenida y bien educada, obediente al guión experto de unos diálogos elocuentes, de unas secuencias bien rodadas*».
Ignacio Echevarría, *El País,* España.

«*La manera en que está narrado es espléndida*».
Neue Zürcher Zeitung. Alemania.

«*Carlos Franz conoce bien su oficio.* El lugar donde estuvo el Paraíso *justifica las expectativas puestas en él y prueba sus virtudes, especialmente su capacidad para la ambientación escénica y el diálogo justo*».
Frankfurter Allgemeine Zeitung, Alemania.

«*...establece un sistema de relaciones personales que revela, por momentos, una dramaticidad casi shakesperiana*».
Silvio Mignano, *L'Immaginazione,* Italia.

«*Esta segunda novela de Carlos Franz confirma que su autor es una de las mejores voces jóvenes de Chile y América del Sur*».
C.E. Feiling. *Clarín,* Argentina.

«*Un ave rara y altamente narrativa*».
Página 12, Argentina.

«*Lo que deslumbra es la perfecta estructura de la novela... Una obra que salva con tal eficacia las distancias entre ambas formas de arte (cine y literatura), que resulta como asistir al nacimiento de la nueva narrativa del siglo que irrumpe».*

Julio Varela, *Revista Posdata*, Uruguay.

«Excelente lenguaje narrativo, don de plasmar atmósferas, caracteres y conflictos humanos: universalidad y madurez».

Ignacio Valente, *El Mercurio*, Chile.

«Carlos Franz ha escrito una novela que puede figurar por mucho tiempo y con dignidad en el catálogo de cualquier editorial importante, de cualquier idioma».

Óscar Luis Molina, *La Época*, Chile.

«Sin duda alguna, una novela que sobresale nítidamente por su impecable construcción y por la profundidad en el análisis de las pasiones».

José Promis, *Revista Hoy*, Chile.

«La obra sorprende por su profundidad y sutileza. Con pasión devoradora...».

Hernán Soto. *Revista Punto Final*, Chile.

«...lo que reemplaza al "paraíso" natural es el "infierno" social. Sobre ese eje de polaridades se construye la tensión interna de la novela, que se va revelando impecablemente, con vigor narrativo y sutileza argumental».

Julio Ortega, en *Caja de herramientas*,
Ed. LOM, Santiago, Chile, 2000.

Este libro
se terminó de imprimir
en el mes de agosto de 2007,
en los talleres de Salesianos Impresores S.A.,
ubicados en General Gana 1486,
Santiago de Chile.